拯救世界吧！少女魔王！

魔王陛下也想談戀愛！

03

少女魔王 · 莫忘
雙面學長 · 穆子瑜

莫忘

表 女高中生。

裏 魔王陛下。

私 溫和乖巧，能體諒他人，是個外柔內剛的好女孩。

技 透過「做好事」積攢魔力值，以增加自己的速度、體質以及力量，並可藉此召喚新的守護者；可是若做了壞事就會被扣魔力值，導致體力下降。

石詠哲

表 男高中生，莫忘的青梅竹馬。

裏 勇者大人。

私 輕微驕傲，與他人相處還算隨和，但和莫忘在一起時卻相當的傲嬌。

技 被勇者之魂附體的情況下會使用出劍術，卻每次都被魔王「空手接白刃」；可透過「做壞事」積攢魔力值，召喚聖獸來為自己作戰。

穆子瑜

表 莫忘仰慕的學長。

裏 普通人類。

私 看起來很溫和，其實內心很腹黑陰鬱，性格表裡不一。有嚴重的幽閉恐懼症、黑暗恐懼症。

技 不自覺的以溫柔的笑臉征服女性同胞。

陸明睿

表 莫忘的學長，穆子瑜的好友（損友？）

裏 陸家繼承人。

私 留著小辮子兼染髮的吊兒郎當痞子男，總是用開玩笑的口吻逗弄莫忘，相當的腹黑和惡趣味。

技 跟蹤、偷窺。

CONTENTS

第一章

魔王也想離開迷宮

「啊——咦？」

閉上眼睛叫出聲來的莫忘話音突然頓住，發出了一聲短促的驚聲。

奇、奇怪，現在是什麼情況？

記憶中，她原本是應該來參加萬聖節舞會的，然而，校園卻突然變得一團亂。經過艾斯特他們的調查，這原來是「夢魘石」在起作用。

為了解除它，他們不得不戰鬥，而過程中，她卻因為意外和其他人失散了。

不過……她不是被泥土埋住了嗎？為什麼能叫？好像呼吸也沒有受到影響……

莫忘小心翼翼的睜開眼睛，發現自己正跪坐在地上。

——地？

莫忘伸出手戳了戳地面，硬硬的，好像剛才那一幕只是錯覺似的。不過她也知道只是「好像」而已，因為附近什麼都沒有，她是孤身一人。

大概是因為之前一直和其他人在一起，此刻孤身相處，她才真正意識到所謂的「夢魘世界」真的很黑。不同於正常的夜色，而是更加濃密、更加深邃、也更加容易讓人覺得絕望的黑色，盯著看久了，好像整個靈魂都會被吸出去，各種各樣負面的念頭在心中奔騰翻湧，一不留神，它們似乎就會從名為「理智」的牢籠中蹦跳出來。

「不行！」莫忘伸出手拍了拍臉頰，「我又不怕黑。」

她現在已經不怕黑了。

但在更早更早之前，她還是害怕的。

其實幾乎每個被小心疼寵長大的女孩都會這樣吧，在光明和溫暖中待久了，以至於無法適應黑暗。哪怕是夜裡在家中上廁所，也要打開沿途所有的燈，起床開燈和關燈上床時是最緊張的，但只要一縮入被窩中馬上又會覺得安心無比。

彷彿床上有著什麼結界能夠阻止一切「壞事物」，但究竟是什麼「壞事物」，又從來不敢認真的去想像，因為想得越逼真，自己也會被嚇得越厲害。

在不久之前，她還是堅定的如此認為。可惜，誤交損友。

蘇圖圖這個啥都不怕的傢伙聽完這句話後，陰森森一笑，說：「哎呀，小忘，難道妳沒看過鬼片嗎？不是經常有人爬上床，掀開被子，然後……」她猛地撲到莫忘身上，「被子上一張鬼臉和妳面對面！」

「啊——」

當時，她真的被嚇壞了，以至於好幾天晚上都沒睡好覺。

但是就算這樣，她也沒有辦法跟小時候一樣抱著枕頭到父母的房間求安慰了，因為他們根本不在家中。

所以她漸漸的習慣了，就像最初習慣「一個人面對黑暗」一樣。

現在想來，最開始的日子還真是難熬，白天倒還好，但是晚上從阿哲家吃完晚飯回來後，一個人做作業、一個人看電視、一個人洗澡、一個人睡覺……起初是完全不敢關燈的，害怕一旦燈光暗下去，就會有什麼可怕的生物從黑暗中襲來。

雖然石叔和張姨也勸過莫忘去他們家住，卻被她固執的拒絕了。因為如果連她也離開了，這個家就真的不再是家了。兩位家長很體諒她的心意，並沒有強求，卻幫忙把她臥室的開關調整成了門邊一個、床頭一個，不得不說，真的方便了不少。

後來，她努力試著關燈睡覺。

第一天晚上，失眠了很久。

明明睡不著，卻無論如何都不敢睜開眼睛，就在這時，她聽到了從陽臺上傳來的細碎響聲，剛開始很害怕，但不久後她又聽到了鐵欄杆被敲打後發出的清脆聲音——那是小時候她和石詠哲很愛玩的遊戲，雖然只是單調而破碎的音色，卻樂此不疲。已經很久沒來過她房間的少年固執的站在陽臺上，以這種方式告訴她「我在這裡」。

大概是因為知道有人陪伴的緣故，莫忘雙手捏著被沿，小心翼翼的睜開了雙眼，才發現黑夜並沒有自己想的那麼可怕，她可以看到房間裡的擺設，看到從窗口投射而入的月光，還有……少年修長而筆直的背影。

而後，就在這些景物的陪伴下，她迷迷糊糊的進入了夢鄉。

第二天……

第三天……

……到現在，哪怕她一個人走夜路都不會害怕了。

人果然是一種非常會適應環境的生物啊，她有時候都覺得自己的生命力堪比小強！

那個時候都沒在害怕了，所以，這個時候她也絕對不會害怕。

不管怎麼說，她可是……魔王陛下啊！能打倒她的只有勇者！

除此之外，她什麼都不害怕，什麼都不可以害怕。

如此想著的莫忘快速站起身，藉著弓箭上的光芒，隨便選擇了一條道路朝前走去。

「艾斯特！格瑞斯！賽恩！穆學長！陸學長！有誰在嗎？」

每隔一段時間，莫忘就如此喊道。

但遺憾的是，她始終沒有得到任何回應，倒是沿途中遇到了不少「怪」，都被她一一用弓箭「清掃」掉了。莫忘現在才發覺，他們給她弓箭並讓她練習真的是明智的決定，否則現在她絕對不會這樣輕鬆。

而走著走著，莫忘也終於發現自己所在的到底是個什麼地方了——迷宮。

之前去公園時，她最愛玩的就是這個，所以絕對不會看錯。

但問題又來了，雖然她去過那麼多次迷宮，但沒有一次成功走出來好嗎？每次都是等到不耐煩的小竹馬衝進去直接把她拎出來……到最後她都習慣了，走累了就隨便找個地方，蹲著等他出現。

但是，這一次……不太可能吧？

畢竟之前戰鬥時他都沒有出現，很可能是不在學校中。或者說，她希望是這樣，雖然艾斯特說「勇者大人的魔力也非常強大」，但這種危險的事情，還是她一個人碰到就夠了。

——啊，似乎一不小心就想多了，現在該想的是出去的辦法才對！

——唔……到底該怎麼做呢？

莫忘托著下巴思考了片刻，然後發出了一聲類似於恍然大悟的低呼：「啊！」

因為她想起了自己和小竹馬的一段對話——

「笨蛋，老是迷路妳來什麼迷宮？」他數落她。

她很不服氣的回答說：「我就愛來，你管我！」

「下次再這樣，我可不會來找妳。」

「哼，愛來不來！」

「……」

「對了，石詠哲。」

「什麼？」

「難道就沒有什麼簡單的走迷宮訣竅嗎？不是隨身帶著毛線團那種……」她倒是有嘗試過，可惜最後差點把其他玩家纏住，還被沒收了毛線團……

「訣竅？」少年聳了聳肩，「一路摸著牆朝左走吧，或者直接上牆，那樣就什麼都看得清了。」

現在，她決定二者結合。

上牆難？

對於過去的她的確是這樣，但現在……呵呵呵！

這種時候，莫忘就格外慶幸附近沒有人了。她深吸了一口氣，而後一拳頭就砸上牆——砸個坑踩著往上爬什麼的，她真是太機智了！

「轟！」的一聲巨響後，莫忘看著被自己直接捶成渣渣的牆壁，淚流滿面……這個……

這個……似乎上牆也不用了，她直接一路砸牆就好。為什麼她之前沒有接過艾斯特遞來的狼牙棒？！

可是，令人驚訝的一幕發生了——原本被她砸碎在地的泥土，居然自發流動起來，最後聚集在一起，片刻後，牆面再生了，就像之前的那些怪物一樣。

緊接著，莫忘又試了幾次，但結果都是這樣。

她心中隱約明白了些什麼，不過還是選擇了最初的方法，上了牆頭後，開始一直沿著左邊的方向走。她真的再次覺得加持了敏捷就是明智，否則怎麼能踏牆頭如履平地。

★◎★◎★◎★◎

此時，分別處於巨大迷宮之中的眾人，也紛紛開始了行動。

但是，卻有一個人是例外。

這人以一個堪稱脆弱的抱膝而坐的姿勢縮在角落中。

冰冷的武器靜靜的躺倒在其身側，明明鋒利如斯，卻並未閃爍著銳利的寒光。

因為籠罩而下的黑暗是如此深沉，激不起一絲反光。

一段久違了的記憶就這樣被狡猾的黑暗誘惑，殘忍的再次湧上這人的心頭。

「還給我！」

「想要嗎？那就來追我啊！來啊！」

「求求你，還給我！」

「過來啊，我就在這裡，不過來我就把它丟掉了哦！」

「不要！」

於是，他被騙入了漆黑的房間。

「啪嚓」的一聲輕響後，孩童被永遠的留在了黑暗中。

他最初是茫然，緊接著是害怕，再然後是哭喊，稚嫩的拳頭拚命捶打著堅固的木門。他的嗓子都哭啞了，小小的手上滿是鮮血，卻始終得不到任何回應。

不，回應還是有的。

站在門口的人發出細微到幾近不可聞的冷笑聲。

孩童沒有呼救，雖然年紀很小，但他依舊聽出了那笑聲中的涵義——你就這樣去死吧！

就這樣，他被關了足足一天。

對於正常人來說，這只是很短暫的時間，但如果是一個孩子呢？

那該是多麼漫長……

被放出來後，孩童得到了充分的治療，手上的傷口很快就癒合了，那麼心靈上的呢？

始作俑者似乎從第一次的經歷中得到了經驗教訓。

下一次被關入黑暗中時，孩童觸手可及盡是柔軟的事物，沒有什麼可以傷害他的，除了越加濃重的黑暗。

一次。

一次。

再一次。

「聽好了，不可以說出去哦。」

「……」

「如果說出去，會有什麼後果，你明白的吧。」

「……」

孩童沉默的點了點頭。

直到被孩子稱為「父親」的人偶然間提前回了家，才徹底將其從這種堪稱「惡夢」一般的待遇中解救出來。

那一天，很多人受到了懲罰，除去真正該受到懲罰的那個人。

直到今天，已經長大的孩童依舊記得那聲冷笑，清晰得宛如只在昨日，近在耳旁。

但是，她卻依舊過得很好。因為她是孩童的弟弟妹妹們的母親，「父親」的第二任妻子。

「對不起，爸爸沒有好好保護你。」

「……」

「以後，這樣的事情再也不會發生了。」

「……」

——然而，父親，它已經發生過了，不是嗎？

記憶迴盪間，角落處的暗色似乎更加濃厚。

不知不覺間，那人靠著的牆面微微顫動了起來，如同煮沸了的水，冒起了咕嚕咕嚕的氣泡。下一秒，可怕的事情發生了，擁有著意識的泥土如同夜晚叢林中詭譎的捕食者，安靜而緩慢的一點點朝前蠕動……

終於，將抱頭坐著的人影盡數吞噬。

★◎★◎★◎★◎

莫忘在牆頭上靈巧的跑動著，不自覺間，她有了這樣一種錯覺——風彷彿被她踩在了腳底。漸漸的，她發覺自己愛上了這樣的感覺。

而在不斷的嘗試中，莫忘也發現了另外兩件事：其一，怪物只會出現在迷宮的通道中，這意味著只要她願意並且速度夠快，就可以規避掉大部分危險；其二，雖然牆體被破壞會復原，但如果地面被破壞，痕跡則會長時間的保留著，至少她等了很久它都沒有消失。

就這樣，她一路朝左走著，一邊沿途做著各種標記，同時也在搜索他人的標記。

直到——

「嗚……」

「……」莫忘停下腳步，「孩子的哭聲？」

「嗚……嗚……」

「究竟在哪裡……」不得不說，在這黑暗的迷宮中突然響起孩童的哭聲，就算是莫忘也覺得不太正常，而且說實話，那聲音真心讓人毛骨悚然。莫忘稍微傾聽了片刻，發現聲音傳來的方向正是自己所要經過的路線，她頓時冒出了滿頭的黑線：怎、怎麼辦？都走了這麼久的左邊，突然換路hold不住啊！

思考了片刻後，莫忘最終還是決定去看看。一來，她可以打；二來，打不過至少她現在跑得快，應該可以逃開。

下定決心後，莫忘再次如風般跑動起來，只是比之前要更加警惕。

孩童的哭聲逐漸變大，到最後簡直如同近在她的耳旁。

莫忘覺得自己的寒毛幾乎都豎了起來，冷汗也很自覺的跑了出來，她下意識停下腳步，而後一個巨大的陰影出現在她的眼前。

——喂喂，開玩笑吧，巨人都出現了？！

來自暗夜中的漆黑巨人，卻有著歪歪曲曲的外表，乍看下去如同跌入泥土中、又被人踩了很多腳的布娃娃，骯髒破爛，一隻眼眶中的眼珠消失了，左手扭曲，右腿斷裂，胸前破了一道巨大的口子，大片大片的泥土從其中湧出。

「那是……」

「嗚……嗚……」

莫忘驚訝的發現，那酷似孩童的聲響居然是眼前這巨人發出的。

碩大的體型與稚嫩的聲線，完全南轅北轍的兩件事物此刻居然結合在了一起，將雙方反襯得越加可怖。

「嗚……嗚……嗚……」

──等等！

莫忘的臉上露出了近乎驚駭的神色。

──那是……

──看來，想躲也躲不掉了。

她深吸了口氣，握緊手中泛著銀白色光芒的短弓。

──既然如此，那就揍它！

面對黑暗，有人毅然的選擇了抗爭，有人卻選擇了任其吞噬。

前者如女孩。

而後者……

「……」

──什麼聲音？

緊抱著膝蓋的少年下意識抬起頭來。

令人窒息的漆黑空間中，有人在呼喚著他的名字。

「……」

——誰在叫他？

「……」

——誰？

「聽到了嗎？」

——我聽到了，可是……你是誰？

聲音卻漸漸停息。

——為什麼……不叫我了呢？

——果然，是假象嗎？和那個時候一樣……

多年前的場景無法抑制的浮現在腦中。

幼小的孩童躺倒在黑屋的門邊，隱約間聽到有人叫自己的名字，哭喊捶打了好幾個小時、幾近精疲力盡的他努力了很久，才勉強睜開了眼睛。可是，眼前卻什麼都沒有。

他等待了很久，卻最終什麼都沒有等到。

沒有人呼喊他。

沒有人拯救他。

沒有人……需要他。

一切都是假象。

只有他一個人被留在了黑暗中。

過去是這樣，現在也依舊是這樣。

——好可怕，好害怕……誰都好，誰來帶我離開？

——誰都不會來的吧？

少年伸出手捂住耳朵。如果沒有人會呼喚他，他也根本不需要聽到。

少年重新閉上眼眸。如果沒有人會拯救他，他也根本不需要看到。

少年靜靜的垂下頭，將頭貼向膝頭……

如果什麼都做不了，至少他還可以選擇。上一次，是他被留在黑暗中；而這一次，是他主動……

一道光驀然出現！

「！！！」

即使他閉著眼眸，卻依舊能感覺到那照射在眼皮上的明亮光彩。

——假象，真的會有這樣逼真嗎？

——要再相信一次嗎？

——萬一依舊是虛幻呢？

——但如果……

行動先於心理做出了選擇。

不知何時少年已緩緩睜開眼眸。最先映入他眼中的，是一道神聖而溫暖的銀白色光芒，被這樣溫暖的顏色照耀的一切事物，就好像得到了某種洗禮一般，那無論如何都無法驅散的黑暗……退去了……

少女稚嫩而純真的臉孔於光芒中浮現，這是一張他熟悉的容顏，明明是熟悉的，在這一刻卻又覺得陌生，又也許是光芒造成的錯覺，那張臉龐看起來充滿了某種奇異的美感。無法用「漂亮」這類浮於表面的詞彙來形容，真要說的話，大概是「高雅」、「聖潔」之類的詞語更加合適吧？

她用溫暖的眼神注視著他，緊接著她朝他伸出了手，說：「好了，一切都結束了。」

「……真的都結束了？」一折磨了他這麼多年的惡夢，真的會這麼簡單就結束嗎？

彷彿被他的話語所驚到，女孩眨了眨眼睛，隨即笑了，「嗯，都結束了。」

這是一個溫柔而包容的笑容，她就這樣笑著晃了晃手，示意他抓住，「握著我的手，我拉你出來！」

明知道殘留在心頭的魔障也許不會這麼簡單就畫下句點，少年依舊難以抑制的伸出了手。也許是因為一不小心就被那笑容蠱惑了，也許……是因為他其實從很久很久以前就開始期待像這樣的情景發生……

大手與小手交握，掌心相貼。

少年微瞇起眼眸。

——好暖和。

下一秒，他整個人被從汙染身心的黑泥中帶了出去。

「……總算結束了。」莫忘長舒了一口氣，她低頭注視著被自己從泥偶腹中扯出的、跪在地上的少年，擔心的問道：「穆學長，你沒事吧？」

「……」

「穆學長？」莫忘心中的擔憂更甚，雖然她是一看到他就出手沒錯，但在那之前……他到底遭受了什麼啊啊啊！她彎下腰，小心的推了推少年的肩頭，「我說……咦？！」什什什什什麼情況？！

被扯到跪坐在地上的女孩腦袋貼在緊抱住自己不放的少年胸前，耳中盡是他急促的心跳聲，整個人呆滯了。

好半天，莫忘才緩過神來。

——不會吧？

——但只有這樣才可以解釋了。

——不管從各個方面來說都優秀異常的學長……居然怕黑？

——怪不得從進入這個世界以來他的表情就有點奇怪。

——原來是這樣嗎？

莫忘突然覺得有點好笑，但連忙壓下微勾起來的嘴角，因為……咳咳咳，這似乎有點不太厚道。怕黑而已嘛，她小時候也怕啊，沒什麼丟人的……大概吧……

不過，也難為他了。明明那麼怕黑，居然還一個人在完全看不清任何事物的迷宮中待了這麼久，那麼現在的行為也可以理解了。

「咳……」莫忘想了想，伸出手小心的拍了拍少年的背，「好了、好了，沒事了。」

「……」穆子瑜的背脊微微一僵，片刻後，整個人終於從恍惚中回過神來，隨即才意識到自己究竟做了些什麼。

不僅暴露了自己有嚴重幽閉恐懼症與黑暗恐懼症的事實，他還說出了那樣軟弱的話語，做出了這種堪稱羞恥的行為，實在是……

他的嘴角緩緩勾起一抹苦笑。

如果莫忘此刻能看到他的容顏，想必會驚訝，因為這個笑容雖然苦澀，卻比她以往所見到的任何一個人都要真實得多。

但莫忘顯然沒有察覺到這一點，只是兀自輕拍著他的背，胡亂說著安慰的話語：「只是怕黑而已，沒什麼了不起，我以前也怕啊！雖然現在不……不，我的意思不是那個……呃，還是不對，人艱不拆（注：「人生已經如此的艱難，有些事情就不要拆穿」的簡化詞）……不，似乎不小心被拆了……」

「嗷～嗷～沒事了～」

穆子瑜滿頭黑線，她這是在哄孩子嗎？

「不、不然我唱催眠曲給你聽……不對，萬一睡過去了好像就危險了……」糟糕，她到底在說些什麼啊！

「嗤！」

穆子瑜的輕笑聲傳來。

感受到他胸腔鼓動的莫忘僵住，同時意識到自己似乎又犯蠢了，於是她淚流滿面的將人推開，抬起頭來問：「學長？你恢復了？」既然能笑了，就代表應該沒多大問題吧？

「嗯，託妳的福，已經完全恢復了。」穆子瑜微笑著點了點頭。

「……」錯覺嗎？明明學長是在笑，她卻覺得自己被諷刺了……不不不，肯定是錯覺，因為——「學長是好人！」

「……」她怎麼無時不刻都在發卡？

「……」糟糕，一不小心把心裡想的話說出去了！

氣氛一時之間有些尷尬。

片刻後，穆子瑜輕咳了聲，率先站起身來，彎下腰朝坐在地上的女孩伸出了手，「接下來，我們要去哪裡？」

「啊？」莫忘愣了下，隨即抓住對方的手也站了起來，「去找其他人吧！」說完，她縮回手，拍了拍裙襬上的灰塵。

穆子瑜只覺得手中一空，他微合起手，些許溫暖尚殘餘在掌心，但同時，心頭不知為何又湧起些許失落。

——剛才事件的後遺症嗎？

他定了定神，將這種感覺強行拋在了腦後。

而後，就聽到女孩這樣問他：「學長，你會爬牆嗎？或者我揹著你爬？」

「……」

莫忘顯然沒發覺到，她說出的這句話對於少年的自尊會造成怎樣的傷害，但還是下意識覺得哪裡不太妥，這種糾結讓她不自禁的說出了下一句話：「我我我我力氣很大的，真的！」

「……」關於這一點，他在之前就已經很充分的體會到了。

「不信你看！」說話間，莫忘一拳頭砸到了牆上，堅硬而漆黑的牆面上瞬間出現了一個巨大的坑。

穆子瑜：「……」果然剛才的神聖感什麼的都是錯覺，這傢伙完完全全就是個怪物吧！

「接下來我們踩著這些坑爬上去就好！」莫忘用「表功」的語氣說出了這樣的話，緊接著星星眼看向穆學長，很有幾分「求誇獎」的味道。

「……」穆子瑜注視著女孩不小心露出了虎牙的笑容，不知道為什麼，好像在一瞬間看到了搖來搖去的蓬鬆大尾巴，突然有種想揉揉她腦袋的衝動。但他強行將其壓制住……雖然如此，又奇妙的有些不想讓她失望，於是點了點頭說：「做得好！」

「嗯！」莫忘臉上的笑容更加燦爛。

——真好，被學長誇獎了！

大概每一個人被崇拜的人誇獎後，心中都會泛起這樣的欣喜吧。嗯，比得到偶像的簽名還要開心得多，好像從開始到現在所做的一切努力都得到了回報。

從那個時候起，因為那件事，莫忘一直憧憬著身旁的少年，甚至特地為了近距離觀察他而特地轉到這所學校。當然，她並沒有想過會有像現在這樣的親密接觸，只是……想看一看，然後，學一學。

希望自己能變成和他一樣的人。

然而，因為經歷了各種各樣的事情，現在的莫忘很清楚，她只能是她自己，可以成為更棒的自己，卻永遠不會成為「穆子瑜」。

但即便如此，這份「嚮往」也不會簡簡單單就消散，哪怕發現他身上其實有著一些「缺點」也是一樣。只不過同時，她又發覺到了另外一點，那就是——比起遠遠的看，像現在這樣如同朋友般的相處也很不錯。

——我是不是稍微有些過分了呢？

莫忘心中泛起的情緒很複雜，有與「偶像」做朋友的欣喜，卻又擔心自己這樣的行為會不會「玷汙」到「偶像」……

不過，有一件事是肯定的，那就是「穆子瑜」這個人存在於她心間的深刻印象正在逐漸被新的事物所替代，這也許就是所謂的「系統更新」？

……雖然她自己都完全沒有注意到這一點。

至於新版本到底是好是壞，恐怕只有真正又完全的「更新」完成後才會明白吧。

思考間，莫忘已經成功的在牆壁上砸出了幾個坑，快速而靈活的爬上去後，她站在牆頭朝下面的少年伸出手，說：「學長，上來吧！」

再次一個人被留在黑暗中，穆子瑜依舊覺察到了些許不適，卻奇異的感覺到比以往要輕鬆了許多，這大概是因為……

他抬起頭，注視著那隻溫暖而小巧的手，指甲修剪得整齊圓潤，握起來也完全不擔心會被刺傷，「物似主人型」這句話其實真的很正確。

「學長？」

穆子瑜看到女孩歪了歪頭，眨了眨的眼睛彷彿在說——這傢伙在發什麼呆呀？

他瞬間就笑了。

穆子瑜抱拳在脣邊，像是要掩飾笑容，可笑意還是不自覺的流淌了出來，眉毛眼睛也不自覺的彎了。

這是又一個難得真實的笑容。

如果說之前那個笑容女孩沒看到，那麼現在……

莫忘：「……」QAQ 糟糕！她才剛說自己的笑容已經練得很好了，怎麼穆學長的笑又升級了呢！啊啊啊啊！她要更加努力才可以！

糾結間，動作非常不穆子瑜的穆子瑜已經爬了上來，穩穩握住了女孩的手，「走吧。」

「嗯！」女孩說話間想要縮回手。

「牆壁太窄太黑，我很容易掉下去。」少年卻用這句話成功的阻止了她的動作。

莫忘愣了愣，隨即點點頭，「嗯，好。」這樣似乎也不錯，至少學長掉下去的時候，她可以快速的把他抓上來，只是……

「穆學長，你真的不考慮讓我揹嗎？這樣真的比較方便。且百分百不用擔心掉下去！」

「……不用了。」

「再考慮一下？」

穆子瑜強調說：「不、用、了！」

「……」錯覺嗎？她似乎聽到了些許咬牙切齒的聲音……不不不，肯定是錯覺，穆學長是大好人，怎麼可能會咬牙嘛，哈哈哈哈！

★◎★◎★◎★◎

其實，現在咬牙的何止是穆子瑜，還有另外一位少年……

「可惡！又失敗了！」

跌坐在地、額頭上滿是汗水的石詠哲一拳頭砸在地上，不滿的叫著。

其實真的不能怪他發火，他本身就無比擔心莫忘，此刻又經歷了無數次召喚失敗，心浮氣躁也是難免的。

「這次比上次好多了。」白貓舔了舔爪子，「好歹魔法陣出來了。」

石詠哲不滿足的說：「可是沒完全成形就熄滅了！」

「短時間內做到這種程度已經不錯了，畢竟你不是艾斯特大人。」

「喂！」才覺得從夥伴那裡得到了一點安慰，緊接著又被打擊……這到底是鬧哪樣啊！不過，現在顯然不是在意這些的時候，石詠哲深吸了一口氣，再次站起身來，握拳道：「好，再來一次！」

「……再休息一會吧。」白貓布拉德皺眉，「在精疲力盡的情況下使用魔力，很容易遭受反噬的。」

石詠哲搖頭，「現在沒有那種時間。」

白貓：「……」

石詠哲接著說道：「而且，小忘還在等我去……」

「按照現在的進度，等你到了，估計她和別人的孩子都生了吧。」

「……閉嘴！」

石詠哲怒吼一聲後，重新凝神定氣，將兩隻手交疊在胸前，右手背上銘刻著的紅色魔法陣暗光閃爍，緊接著他的口中唸出了一大段神秘咒文。在非「勇者」狀態下，他其實完全不明白自己唸的是啥，卻憑藉驚人的記憶力和學習力，快速掌握了白貓所教授咒語的字音。

隨著石詠哲動作的繼續，他的雙腳下再次出現了一個同樣由紅光勾勒而成的魔法陣。

——堅持！

——這次一定要堅持到它成型！

——小忘她……

有人說，九十九次的失敗可以換來一次成功。

石詠哲沒有細數自己失敗了多少次，但是他知道，今天他一定會成功！必須要成功！所以——

「以勇者之名，我最忠實的夥伴，接受我的懇求現身於此世吧！」

他第一次完整的說完了這話語！

紅光在這瞬間綻放到了近乎刺目的地步。

——成功了嗎？

石詠哲下意識的眯起眼眸，心中滿是期待。

短短一刻之後，光芒消散了。與上次一般，一顆拇指大小的緋紅色光球自魔法陣中飛馳而出。

「成功了！」白貓捂嘴，「好想吃腫麼破？」

「……敢吃就弄死你！」石詠哲抽空吼道。

「我只是開個玩笑而已。嘖，真是沒有存在感的傢伙！」

兩人說話間，地上的魔法陣漸漸消失，與此同時，光球終於落到了地面上，光芒漸漸暗淡了下去。

石詠哲緊接著說道：「我最忠實的夥伴，回應我的呼喚吧！」雖然他與莫忘一樣，覺得說出這種話很有點羞恥，但此時此刻已經沒工夫糾結這個了！

「……」

——怎麼沒回應？

石詠哲不得不再說了一次：「我最忠實的夥伴，回應我的呼喚吧！」

「……」

「我最忠實的夥伴，回應我的呼喚吧！」

「我……」

「汪。」終於，一道有氣無力的聲音傳來。

「……」這個叫聲……

就在這時，所謂的「聖獸」終於完全的顯形了。

出現在石詠哲眼中的是一隻白色的大狗，長相非常像泰迪，體型卻很像成年的薩摩耶……渾身的毛捲捲的。當然，這些都不是重點。重點是，牠此刻正趴在地上，耳朵和尾巴一起耷拉著，雙眼也緊閉著……怎麼看都像一條死狗。

「召喚……又失敗了？」除去這個，石詠哲想不到其他可能。

「不會吧？」白貓踏著靈巧的腳步走了過去，繞著白狗來回轉了幾圈，「既然成功顯形了，怎麼看都應該成功了啊！」

石詠哲看著白狗，「可是，你看牠……」

「難道是剛經歷了時空轉換，覺得不舒服？」

「是這樣嗎？」

「大概……」布拉德伸出爪子，推了推地上的白狗，「喂，死了沒？死了說句話！」

石詠哲：「……」死了還說個鬼話啊！

「……死了，有事燒紙……」白狗有氣無力的聲音再次傳來。

「喂！」石詠哲怒了，「別裝死啊！」

「真是吵死了……」白狗一邊抱怨著，一邊緩緩張開了眼眸。

直到此時，一人一貓才發現牠的眼珠是紅色的，這個顏色非常霸氣……如果不是出現在一雙死魚眼中。

「你們沒看到我在睡覺嗎？」白狗伸出爪子似乎想要站起來，但是很快就軟綿綿的再次趴倒，「饒了我吧……我才剛打完牌回家……」

「現在不是睡覺的時候！」石詠哲蹲下身，一把將白狗抱了起來，放到結界前，「總而言之，想辦法把它給我解決掉！」不然他費盡千辛萬苦召喚的意義在哪裡啊喂！

白狗的鼻子抽動了下，「這個味道……結界？」

「你有眼睛還用什麼鼻子啊！而且，就不能把眼睛睜大點嗎？」死魚眼什麼的看起來也太猥瑣了吧！

「抱歉啊，契約者，我的眼睛天生就這樣的。」

「……」誰信！

「真的。」彷彿看出了少年內心的想法，白狗掙扎著伸出兩隻前爪，靈巧的將兩隻眼皮上下一扒，「看，扒開就全是眼白了。」

「……」所以說，重點根本不在這裡好嗎？！

石詠哲抓狂了：「我管你死魚眼和捲毛是不是天生的！現在的重點是……」

「捲毛怎麼了！」也不知被石詠哲的話戳痛了哪根神經，原本死氣沉沉看起來簡直像要掛掉的白狗居然「噌——」的一下站了起來，渾身的捲毛炸起！好吧，更加捲了……

「我捲毛我驕傲！捲毛狗都是好狗！直毛什麼的最討厭了！我其實一點都不羨慕！」

「……」根本沒人問牠這個好嗎？！

石詠哲扶額，他現在壓根沒時間糾結別的東西啊！「我錯了，我道歉可以嗎？現在可以幫我把結界處理掉了吧？」

也許是看到了契約者臉上的認真表情，白狗也沒再蹦跳，只重新轉過頭，不知從哪裡找出一副老花眼鏡戴在死魚眼上，緊接著嗅了嗅無色的結界，又伸出爪子拍了拍。

如此重複了幾次後，牠彷彿確定了什麼，點了點頭。

「怎麼樣？」

「我確定了。」推眼鏡。

「什麼？」

「我搞不定它。」咧狗嘴，笑。

「……喂！」石詠哲這回是真怒了，他蹲下身一把就將白狗按趴在地上，而後單手提起牠的腦袋，「你的意思是，之前都在糊弄我嗎？」

毛茸茸的狗腦袋上冷汗直冒，白狗努力瞪大死魚眼，「喂喂，少年你冷靜點……」

「這種情況你讓我怎麼冷靜啊！」

「我也沒辦法啊！你一副很期待的樣子，我就想著『啊～無論如何也不能讓他失望』，然後就稍微嘗試了一下，可是結界類的我薩卡完全不擅長好嗎？！」

「那就給我回魔界去！讓會的動物來！」

「可是，我們已經簽訂契約了……」自稱「薩卡」的白狗耷拉下耳朵，「可以的話，我也想回去睡覺……」

「……」石詠哲緩緩捏緊掌心。

腦袋還被石詠哲握在手中的薩卡連忙大叫：「痛痛痛！腦袋要爆開了！放開我！求求你饒了我吧！」

石詠哲深吸了一口氣，鬆開手，而後一拳狠狠砸在了地上，「可惡！我努力那麼久到底是為了什麼啊！」

薩卡注視著直接被砸裂的地面，默默的抖了抖，悄悄朝一邊蹭去。挪到白貓的身邊時，牠悄聲問：「喂，這位兄弟，契約者到底是怎麼了啊？」

布拉德伸出爪子撓了撓耳朵，「他的女人在結界裡面。」

「什麼？！」薩卡大驚，接著伸出右邊的肉墊，彈出最後一根爪子，「他的這個嗎？」

「差不多吧……雖然還沒追到……」也很有可能永遠都追不到……

「我明白了！」薩卡瞬間打起精神，跳回少年身邊，「這件事就交給我薩卡大人吧！」

「……你剛才不是說無能為力嗎？」

「結界類當然如此，因為，本大人的天賦是『轉換』啊！」

「……」石詠哲很有吼出一句「你早說啊！」的衝動，但最後還是壓抑住了，他仔細的問道：「轉換？那是什麼？」

「解釋什麼的好麻煩……」薩卡困擾的伸出爪子撓了撓頭，思考片刻後還是選擇了簡而言之：「就是我可以對有生命的物體進行靈魂轉換。」

「！！！」像這樣的能力也是存在的嗎？那麼……

「這樣事情就簡單了。」布拉德跳了出來，指著少年道：「把這傢伙的靈魂和學校裡隨便一個人轉換，他不就可以進去了？」

「沒有那麼容易。」薩卡翻了翻死魚眼，「啊……解釋什麼的好麻煩……」

但在某人的武力威脅下，牠最終還是解釋了，難點大概有二——

其一，這種堪稱「逆天」的能力發動時需要消耗極多的魔力，牠需要借用魔晶之類的事物，可是這個世界壓根沒有。

這一點，被布拉德解決了，因為……

「正好——」白貓很是酷跩的摸了下額頭上的紅色寶石後，甩了下腦袋，揚聲道：「我的能力是『增幅』。」雖然牠本身的魔力不是很強大，卻可以強化他人的魔力，可惜這只針對契約者以及小夥伴起作用，「啊～人家其實比較想做艾斯特大人的小助手呀！他如果是阿福我就是花生～～～」

石詠哲鄙視道：「你從前的體型還有可能，現在……冬瓜吧。」還想做人家的助手？下輩子吧！

布拉德：「……」

其二，生命體越高級，轉換所受的限制也就越大。

石詠哲不可能和學校內的任何一人轉換靈魂，而需要選擇一個固定目標，除此之外，他還必須對目標有足夠的瞭解。瞭解越深，轉換的成功率越高，有媒介則更好。

「媒介？」

薩卡伸出爪子摳了摳鼻孔，「就是那人的頭髮啊指甲啊口水啊（嗶——）啊什麼的……」

「誰會變態到收集那種東西啊！」

「真的沒有嗎？」薩卡翻了個死魚眼，猥瑣兮兮的笑了起來，「青春期的少年嘛，我理解的。」緊接著牠又說：「哪怕不是身體的一部分，被其觸碰過的東西也行，雖然成功率要稍微低一點點。」

「……」不，牠真的完全不理解！而且……就算有，也留在家裡好嗎？誰會隨身攜帶著啊！最重要的是——他是要進去找小忘，變成「她」算怎麼一回事？

石詠哲思考了片刻後，終於選定了一個人物——沒錯，就是他了！

穆子瑜！

那個截胡的傢伙！

他確定穆子瑜一定在學校中，而且很有可能正在莫忘身邊，說不定還正拉著她的小手做些什麼不可言的齷齪事情呢！

只要想到這一點，石詠哲的牙就癢得厲害。隨即，他把穆子瑜的名字以及生日告訴了薩卡，這要得益於那天和老爸的談話，在那之後他稍微調查了下那傢伙，雖然還沒得出什麼結果，但沒想到今天能派上用場。緊接著，他又拿出手機，打開了校園的論壇，把其中一些妹子偷拍的照片給白狗看。

薩卡問道：「你確定？」

「我確定。」

「那就沒辦法了，失敗的話別怪我哦！」薩卡一邊說著，一邊很是霸氣的雙腳直立站起身，隨後單腳後退，兩手虛握，做出了一個「龜派氣功」的發功姿勢，「給我轉——呀呀呀呀呀呀！」

石詠哲：「……」這樣真的沒問題嗎？

但下一秒，他就只感覺一陣天旋地轉，便短暫的失去了意識。

——成、成功了？

而在白貓和白狗的眼中，原本站立著的少年身體晃動了一下，隨即整個人倒在了地上，人事不省。

布拉德被嚇了一跳，扭頭問道：「成功了？」

薩卡再次趴倒在地，懶洋洋的打了個哈欠，「不，失敗了。」這個靈魂走了，別的靈魂卻沒有來。

「……那你怎麼還這麼悠閒！」

「都已經失敗了，我能有什麼辦法？」牠再打個哈欠，「反正時間到了魔法自然會被解除……」又打了個大大的哈欠，「不行了，我睡會兒。」

「喂！」

「你看好他的身體……萬一損壞了，他就真的掛了……」隨即一秒鐘入睡。

「……」布拉德默默的吐了口血，這個混蛋！活了這麼多年，牠還是第一次見到這麼不可靠的召喚聖獸！如果契約者掛掉，勇者之魂會脫體而出，而牠們也會回到聖獸之林等待著再次被召喚好嗎？不，對這個只想睡覺的傢伙來說這樣正好吧。但是！牠絕對不想離開艾斯特大人好嗎？！

而且……

這個世界處理屍體的方式是火葬啊！

火葬啊！

如果被人發現契約者「死」了，他肯定會被拖去燒成灰的……不要啊啊啊！

布拉德徹底抓狂了，所以牠立刻蹦跳到了薩卡的身上，一陣猛踩，「你給我起來起來起來起來！」

「ZZZZZ～」

「醒一醒啊啊啊！」

第二章

魔王也想交換身體

對於自己身體引發的吵鬧，石詠哲自然一無所知。

恢復意識時，他發覺自己所處的空間已然發生了轉變，這種轉變是非常容易察覺的——夕陽與夜色，正常人都不會將其弄混。

被這景色吸引的少年下意識停住腳步。

「怎麼了？」

這樣一句話音在下一秒傳入他的耳中。

「……小忘？！」

後知後覺的石詠哲這才發現，原來女孩正站在他的前方，此刻正回過頭露出好奇的目光。不、不僅如此……手心裡……他下意識的低下頭，發現一隻軟綿綿又暖乎乎的小手正被自己緊握在掌中，而她的另一隻手中，還握著一把閃爍著銀白光芒的精緻短弓。

——這到底是……怎麼回事？

而聽到少年脫口而出的話音，莫忘的表情怔愣了一瞬，隨即疑惑的問：「學長，你怎麼突然……這麼叫我？」明明之前一直都是叫「學妹」的呀。而且在那句話出口的剎那，她居然有一種「穆學長突然變成了阿哲」的錯覺，真是太奇怪了。

「……」對了，他現在是穆子瑜……

等等！穆子瑜為什麼拉著小忘的小手？明明他都很久沒享受過這種待遇了！

——這傢伙！

——這個小白臉！

——到底對小忘做了些什麼？！

雖然在少年之前的腦補中，穆子瑜此刻的確可能正拉著女孩的小手，一邊露出猥瑣的笑容，一邊陰謀做些什麼齷齪的事情……但是！問題是！他沒想到這居然會成真啊！

如果這就是所謂的「預言」，那他寧願自己沒有這種能力，真的！

「學長？你沒事吧？」

另一方面，莫忘見「穆子瑜」遲遲沒有回答，心中泛起些許擔憂：學長這是怎麼了？難道「怕黑」又犯了？不、不會吧……

「沒事。」頂著穆子瑜外皮的石詠哲扭過頭，悶悶的回答道。

沒錯，他的心裡也稍微生起了女孩的氣，她到底是有多喜歡心愛的「穆學長」？就這麼輕而易舉把手交到了他的掌中……

石詠哲隱約記得自己在哪裡看到過這樣一句話——一個女孩可能與不喜歡的男人擁抱，卻絕對不會和不喜歡的男人牽手。當時他完全不明白，而一起看到的老媽居然深以為然的點了點頭說：「女孩子如果肯把手交給一個男人，拉著他一起浪費時間踩馬路，就差不多代表著把自己託付給了他。某種意義上說，這是比擁抱親吻還要鄭重的事情。」

明明很早以前就不和他……

可是現在……

石詠哲的心頭浮起濃重的苦澀。

為什麼？

穆子瑜就那麼好嗎？就那麼值得她喜歡嗎？

而莫忘顯然不曉得少年心中此刻的風起雲湧，只明顯的鬆了口氣：「那我就放心了。」

「……嗯。」如果現在站在這裡的人是「石詠哲」，她還會露出這樣關懷的表情嗎？會說出這麼溫柔的話語嗎？會毫無芥蒂的……握住他的手嗎？會嗎？會嗎？會嗎？

莫忘背轉過身，扯了扯少年的手，「學長，我們繼續走吧。」

「……嗯。」

於是，兩人就這樣沉默的繼續了路途。

走了幾步後，莫忘突然開口：「學長，你剛才怎麼突然叫我『小忘』？嚇了我一跳。」

「……嚇？」

「嗯！因為你之前不是這麼叫我的啊！某一個瞬間，我差點把你當成了阿哲，不過……哈哈哈，這不可能吧。」

「……」從女孩口中吐出的「自己的名字」讓少年的心亂了一個節拍，他定了定神，驀然想到，這也許是個不錯的機會，於是問道：「阿哲是指……石詠哲嗎？」

「嗯，是啊，就是他！」

「妳……」石詠哲有點緊張地嚥了口唾沫，「是怎麼看他的？」

「哈？」莫忘的聲音聽起來有些詫異，「什麼叫怎麼看他啊？」

「就是……」

——妳對我究竟是怎樣想的……

可惜，這句話無論如何都無法順利說出口。最終，被他吐出的話卻是：「妳和他的關係很好嗎？」

莫忘斬釘截鐵的說道：「才不好呢！」

「……」

「那傢伙彆扭得要死，最近又變得奇奇怪怪的……問什麼都不說，明明小時候完全不是這樣的，真是的！果然張姨說得沒錯，男孩子長大了就一點都不可愛了！」

石詠哲無語：「……」他就這麼差嗎？！

「但是……」

「但是？」

莫忘的話音頓了一下，隨後小聲說：「就算這樣，我還是很喜歡他。」

「……」

——喜歡……

——喜歡？

——喜歡！

——喜歡！！！

石詠哲的心頭如同被一陣春風拂過，原本枯敗的枝葉重新煥發出了新芽，抽枝長葉，瞬間綻放了千萬叢豔麗的花朵，微風吹動，花影婆娑，花香襲人……他差一點點就這麼醉了，有句詩怎麼說的？對了，「但願長醉不願醒」！

然而，石詠哲心頭才一激動，一個小小的意外便發生了。

下一秒，他驚訝的發現自己失去了這具身體的控制權，明明能看能聽，卻無法像之前一樣操控肢體，這到底是……

【石學弟，使用我的身體開心嗎？】

【……】

【雖然不知道你是怎麼做到這一點的，但託你的福，我剛才真是看了一場好戲。】

【……穆子瑜？】不是轉換靈魂嗎？難道說……魔法失敗了？

【現在才發現嗎？還真是遲鈍，怪不得只能做個可憐的暗戀者。】

【閉嘴！】

【才得到一丁點甜頭就心魂動搖了，我該同情你還是可憐你？】穆子瑜心中冷笑，不過也多虧如此，他才從「觀望者」重新變回了「操控者」。

某種意義上說，薩卡所發動的「轉換」魔法不能算成功，但也不能算完全失敗。石詠哲的靈魂的確被轉換到了穆子瑜的體內，但是穆子瑜的靈魂並未脫體離去，而是被壓制在了身體的深處，與前者現在的遭遇一樣，能看能聽卻無法操縱肢體。只不過這個心思深沉的傢伙居然一直壓抑住驚訝而沒有發出任何聲響，不僅從那段簡短的談話中推斷出「入侵者」的身分，還趁著其分心之際重新奪回了身體的控制權，不得不說是相當厲害了。

而此刻，他覺得自己必須給「親愛的石學弟」一點永生難忘的小教訓。

【都說了閉嘴！】石詠哲怒道。

【好吧，我閉嘴。不過作為報答，接下來我也會給你一點「好戲」看，別太感激哦。】

【……喂，你想做什麼？喂！】

重新奪回了身體的穆子瑜緩緩勾起嘴角。

與此同時，莫忘突然覺得背脊一寒，她下意識的停下腳步，左右張望了片刻之後，疑惑的問：「學長，你有沒有覺得哪裡不對？」

「不對？」

「嗯。」莫忘轉過身，點了點頭說：「就是一股突如其來的寒意……啊，現在好像又沒有了。」錯覺嗎？但是……總覺得現在的學長又有一點奇怪……啊啊啊啊啊！她這到底是怎麼了？疑神疑鬼的。

「……」還真是和小動物一樣感覺靈敏，但即便如此，她也絕對猜不到現在的情況吧？而且……「學妹。」

「啊？」又突然叫回「學妹」了啊！不過她還是習慣這個稱呼。

「妳對石學弟的喜歡，是男女之間的喜歡嗎？」

【……】

「啊？男女之間？」

「就是說──」穆子瑜俯下身，伸出另一隻手挑起女孩的下巴，臉孔漸漸湊近，又在她避開的前一秒停了下來，「妳想過和他交往嗎？」

「……」和石詠哲交交交交往？那種事情……那種事情……

如果用一個詞形容莫忘現在的心情，那大概就是──如遭雷劈！

如果用一個詞形容莫忘現在的臉色，那大概就是──青紫交加！

說實話，這麼多年以來，她還是第一次想到自己和阿哲之間居然還存在著這種可能性。太過接近、太過親密了，以至於有些時候甚至模糊了性別。她的口頭雖然總是抱怨著「石詠哲最近越來越奇怪」，但在內心深處，她清楚的知曉，對於自己來說，阿哲是非常非常非常重要的、誰都無法替代的人。

她很確定這種感情是「喜歡」，而且是很深的那種。

但是……這種喜歡真的是男女之間的喜歡嗎？

不，好像又有一點區別。

因為交往的人會有各種各樣親密的舉動吧？比如牽手什麼的、擁抱什麼的、接……咳，接吻什麼的……她和石詠哲連前兩件事都很少做好嗎？！

再說了，她和石詠哲怎麼能交往？他們明明是……

不對，雖然她習慣性的把他當親人，但其實他們並沒有血緣關係。

不不不，重點似乎不在這裡，而是……

毫無疑問，莫忘被這個問題糾結了個半死。

【石學弟，看來答案已經很明顯了呢。】穆子瑜冷笑著說道。

【……】

【怎麼？很失望嗎？】

【……這和你沒有任何關係。】而且，也算不上非常失望。

石詠哲雖然不願意承認，但是他其實早就知道了，莫忘對自己的喜歡並不是那種「喜歡」。可即便如此，他也沒想到有一天能親耳聽到她說「我喜歡他」，雖然明知道她不是那個意思，卻還是抑制不住內心的波瀾。

有時候他真的很羨慕她，能這樣坦然的承認自己內心的感受。但但同時，也許這份「坦然」其實才是最傷人的。

【沒有關係嗎？那麼，這個呢？】

【你想做什麼？】石詠哲著急的問道。

【呵呵。】

【等等，不許碰她！穆子瑜！你要敢動她一根手指頭，出去後我一定不會放過你！】

不放過嗎？穆子瑜心中冷笑了一聲。那又如何？他們本來就是敵對關係，再增添一點仇怨也不是什麼大不了的事情。

而且……

他再次輕聲喚道：「學妹。」

「啊？什、什麼？」莫忘呆愣的回應，內心的紛亂讓她從頭到尾都沒注意到對方的手正挑著自己的下巴，更沒意識到這姿勢似乎有哪裡不對。

「如果石詠哲不可以的話，那麼，我可以嗎？」

「啊？」莫忘更呆了。

「就是說——」穆子瑜俊秀的臉孔再次湊近，眼中盡是溫柔與笑意，他輕柔而曖昧的語調低低響起，如同誘哄兔子進入牢籠的香餌，「要不要試試和我交往？」

「……」

隨著穆子瑜話語的吐出，莫忘的表情瞬間從「疑惑」變成了「驚訝」。沒錯，如果說剛才她還因為不明白對方的意思而疑惑，那麼此刻就是完完全全的驚呆了。

「交交交交交往？」啊哈哈哈，不會是她的耳朵出問題了吧？

可惜穆子瑜的話語殘忍的打破了她的推測——

「沒錯。」

「……」一定有哪裡不對！

如果問莫忘喜不喜歡穆子瑜，答案是肯定的。當然，這份肯定是帶有「追星」性質的喜歡。打個比方，有人信草泥馬大神、有人信柯南，但這些人會想娶祂或他回家嗎？

絕對不可能好嗎！

所謂的「信仰」，已經超越了性別和慾望，是高尚的、純粹的、脫離低級趣味的！

而且更重要的是，這也太突然了吧喂！

雖然她是暗地裡崇拜對方許久了，但他們之間也只有幾次正式接觸，怎麼看都不可能萌發出「喜歡」之類的感情啊……等等！莫非……

突然找到一條思路的莫忘默默腦補了片刻，露出個恍然大悟的表情，「原來是這樣！」

穆子瑜：「……」不知為何總有點不妙的預感。

「學長！」莫忘伸出雙手，一把扯下穆子瑜抓住自己下巴的小手手，感動的說：「你真是個好人！」

「……」看，又被發卡了。

【嗤嗤，果然是這傢伙的風格。】石詠哲很是不厚道的幸災樂禍，不過話又說回來，他們有仇哎，憑什麼要給他面子！

那麼，莫忘的腦補是怎樣的呢？

大概是——

「你是發現了我總是偷看你吧？」

「偷看……」會有人光明正大的說出這種話嗎？

「你誤會了，那是我表現崇拜的方式啦！」

「……」這方式還真特殊。

「你不用因為我救了你……覺得不好意思，就這麼犧牲自己的！」

「犧牲？」

「是啊！」莫忘用力點頭，雙眸中的感激之情簡直溢了出來，「學長你人真是太好了，與你一比較，我真是太差勁了。」

「……」這是某個版本的「對不起，你是個好人，我配不上你」嗎？不，她是真心的，完完全全、真心實意的說出了這番話——或許這才是最坑人的地方也說不定。

面對這種神一般的回答，穆子瑜還能說些什麼？

【被打臉打得痛快嗎？】
石詠哲的話音聽起來很得意。
【……】
【託你的福，真讓我看了一場好戲。】
【……閉嘴。】
即使不用看，穆子瑜也幾乎可以想像此刻那位石學弟臉上露出的又得意又諷刺的表情，而自己簡直像個在舞臺上演砸了的戲子，這種事情怎麼能忍受？
被這股惱怒所驅使的他，下意識就說出了這樣一句話——
「別自以為是了，妳其實一點都不瞭解我。」
「……」
幾秒後，重新恢復了冷靜的穆子瑜眼中閃過一絲後悔，他注視著表情怔愣又好像有點受傷的女孩，心中奇異的隱約有絲不忍，卻又不知為何覺得有些快意。
沒錯，從頭到尾，這些人所正視的都不是他自身，又有什麼資格對他做出評價？
「學長，對不起。」說實話，莫忘不太明白自己哪句話得罪了眼前的少年，但她覺得既然惹怒了他人就應該道歉，哪怕是無心之失也畢竟「失」了，「還有，謝謝你。」

穆子瑜顯然跟不上莫忘如同天馬行空般的思維，皺起眉頭有些疑惑的反問：「謝我？」

「嗯。」莫忘點點頭，「也許事實就像你說的那樣沒錯，我一直以來所看的、所接觸的都不是真正的學長，但在你說出剛才那句話的時候，是在用真正的『學長』和我對話吧？」

「……」

「我很開心！」沒有什麼比得到他人的信任更讓人覺得愉悅了，起碼她是這麼認為的。

「怎麼說呢……」莫忘抓了抓臉頰，略赧然的說：「不過，真正的『學長』脾氣似乎沒看起來的那麼好……啊，不對，我的意思是……我……」舌頭差點打結的莫忘淚流滿面，到最後總算說出了個囫圇話，「總之，就算是這樣，學長你給我的幫助也是真真正正存在的，不會因為任何事情而改變。」

「我……給妳的幫助？」

「嗯。」莫忘再次點頭，「可能你不記得了，但其實我們很早之前就見過一面的，那對於學長來說可能只是小事，卻給了我很大很大的幫助，我是真的真的非常感激你！」

「……」他們真的曾經見過嗎？完全沒有印象……不過可以肯定的是，她說的是實話。

莫忘下意識握緊手中的短弓，認真的說：「所以，對我來說，即使那是『謊言』，也一定是非常美麗的謊言。當然，能見到『真正的學長』，並和『他』對話，我也非常榮幸。」

「……」

「總、總之，我們繼續走吧！」雖然是真的想向學長表達自己的感激，但一口氣說出那種話的莫忘又稍微覺得有點不太好意思，於是她抓住對方的手腕，轉過身再次朝前走去，「要儘快找到其他人才可以。」

——美麗的謊言。這種事情……

【嘖，終於換回來了。】

【……】

沒錯，趁穆子瑜心神動搖間，有樣學樣的石詠哲抓住機會，再次掌握了身體的所有權，而他所做的第一件事就是從女孩的手中抽回了手。

「？」

「我一個人可以走的。」所以別想再用身體占他家小青梅的便宜！

「哦。」

「對了，小……學妹。」

「什麼？」

「妳是什麼時候和我見過？」不僅是穆子瑜本人疑惑，連小竹馬也好奇到撓心撓肺的地步好嗎？到底是怎麼樣的相見讓她念念不忘到追到這所學校就讀的地步？！

「那個啊……」莫忘開口正準備說些什麼，大地驟然整個搖晃了起來，下方尚且如此，更何況處於高處的牆頭，她連忙轉過身一把提起少年放到肩頭，「學長，你沒事吧？」

被提著的「石詠哲」：「……」她就不能用點比較正常的「攙扶方式」嗎？

伴隨著這陣搖晃，整個迷宮似乎都在坍塌。地表的顫動已經夠劇烈了，位於高處的狹窄牆頭更是恐怖，莫忘左右看了一眼，敏捷的跳了下去，試圖尋找著脫逃的路線。

就在此時，天，突然亮了。

不，準確來說，似乎是一直以來籠罩著天空的某種東西碎裂了。伴隨著那些啪嚓啪嚓的脆響，一片片像是黑色玻璃的碎片自空中墜落下來，緊接著——

「陛下——！」

不遠處傳來這樣的聲音。

「艾斯特？」莫忘笑著朝青年伸出手，努力揮舞，「我在這裡！」

片刻後，幾人重新聚集在一起，然後莫忘就滿頭黑線，原因無他，某三人又啪啪啪的跪成一排，口中說著類似於這樣的話語——

「陛下，都是屬下們護衛不周。」艾斯特誠懇的說道。

格瑞斯差點淚流滿面：「居然讓您陷入了那樣的困境……」

賽恩直接要切腹了：「請責罰我！」

「……」喂喂喂，不要每次出現意外都來一回好嗎？而且穆學長和陸學長也在這裡啊！好尷尬的喂！而且那只是意外，根本不是誰的錯好嗎？真要錯也只能怪她自己太弱了吧？

「都給我起來。」

「？」

「沒聽到嗎？我說——都給我起來！」莫忘難得霸氣側漏的喊道：「這是命令！」

「……是。」X3

石詠哲：「……」他家小青梅怎麼可能這麼強勢，不科學！

穆子瑜：「……」果然，她絕對不是普通的軟妹。

陸明睿：「……」嗯，學妹的身上果然有許多秘密。

為了防止話題再繞回原點，莫忘緊接著問道：「剛才那個迷宮也是『怪』嗎？」

「是。」

經過艾斯特等人解釋後，莫忘才知道，真正的「怪」其實不是迷宮，而是守候在出口處的「魔物」，不過它顯然已經被滅了，否則迷宮也不會坍塌。

但不得不說，莫忘的運氣真的不錯，魔物待在出口處的原因正是——在人見到出路而欣喜的下一秒，讓人再次陷入徹底的絕望。而她……咳咳咳，強大的迷路本領拯救了自身，壓根找不到「出口」的人怎麼可能遇得上BOSS嘛！

「哎？聽起來好厲害的樣子。」

「只是聽起來啦。」賽恩聳了聳肩，「找路倒是花了一些時間，不過艾斯特前輩一劍就把它收拾了，讓格瑞斯前輩和我完全沒有用武之地。」

「是這樣嗎？」莫忘看向艾斯特。

「陛下，那並不是多麼強大的魔物。」而且只要一想到魔王陛下正被困在這漆黑的牢籠中，還可能面對各種各樣出其不意的危險，他便抑制不住從內心湧出的擔憂與憤怒，又怎麼可能有心情浪費一丁點時間。

「是嗎？不過就算這樣——」莫忘踮起腳，拍了拍艾斯特的……胸口（對於一百五的她來說，一百九十幾公分的青年簡直是巨人好嗎？好虐！），說：「艾斯特你果然好厲害！」

格瑞斯大怒：「艾斯特你這個只會溜鬚拍馬的混蛋！」他就說這傢伙為什麼那麼快動手，原來是為了得到陛下的誇獎嗎？鄙視他！

賽恩抓了抓頭髮，露出恍然大悟的表情，「原來前輩是在拍馬屁嗎？」

艾斯特：「……」

而在幾人沒有發覺到的時候，「穆子瑜」的臉色變了變，緊接著他的身體搖晃了一下，站在他身旁的陸明睿一把扶住他，歪頭問道：「子瑜，沒事吧？」

「……嗯，沒事。」只是一個礙事的傢伙走了而已。

與此同時，靜躺在門口處的少年眼皮顫了顫，幾秒鐘後，緩緩睜開了雙眸。

★◎★◎★◎★◎

他這是……回來了？

石詠哲愣了一小會兒後，才緩緩坐起身體，這才發現在他的身旁，一隻白貓和另一隻白狗居然滾在一起睡著了，他瞬間滿頭黑線，牠們就這樣讓他的身體躺倒在大街上嗎？

「喂，起來了。」他一手拎起地上的白貓，提著晃了晃，「醒一醒！」

「啊嗚——」布拉德懶洋洋的打了個哈欠，才勉強睜開雙眼，「咦？魔法解除了啊？」

「……你說呢？」石詠哲很是無語的伸出另一隻手，拍了拍地上白狗的大腦袋，「你也給我醒醒！」

「啊嗚——」薩卡同樣懶洋洋的打了個哈欠後，睜開死魚眼，「咦？魔法解除了啊？」

「……你們夠了！」

「少年運氣不錯。」薩卡伸出肉墊，彈出第一根爪子充當拇指，「躺了那麼久都沒被人收屍扛走。」

「……」牠知道還睡！

「不關我事。」布拉德則很是狡猾的推卸起了責任，「我本來想叫牠起床來著，結果不小心被睡眠魔法擊中了，雖然努力抵抗過，但最終不敵。」一邊說著，牠一邊做出個捂住胸口、緩緩倒地的英勇姿勢。

「你只是犯睏然後睡覺了而已吧！」有必要說得那麼偉大嗎！

「說起來，契約者——」薩卡指向大門，「結界似乎也被解開了，你不進去看看嗎？」

「！！！」

沒錯，那顆夢魔石正藏在「迷宮BOSS」的身上，艾斯特碾碎它的瞬間，也順帶著將其擊了個粉碎，連渣渣都沒有剩下。也因此，石詠哲「離開」後不久，夢魔世界就逐漸坍塌。

★◎★◎★◎★◎

大概是受這「世界碎裂」的影響，穆子瑜與陸明睿相繼暈倒在地。

「這是？」

「陛下，請無須擔心。」艾斯特輕聲解釋道：「大概是因為記憶清洗的緣故，他們稍微遭受了一些衝擊。」

「……這樣啊。」對了，沒有魔力的人似乎是無法保留關於這裡的記憶。

「不過，真正的『主使者』到底是誰呢？」賽恩不知將自己的重劍收到了哪裡，雙手抱頭，歪頭問道。

格瑞斯緊接著說：「陛下，您一直跟這個小白臉在一起嗎？」

「……」怎麼連他也說穆學長是小白臉？明明他的臉比學長還要白啊！不過莫忘還是點了點頭，「嗯。」

「他有什麼奇怪的舉動嗎？」

「啊？不，沒有吧。」除了有點「怕黑」外。

「這麼說來……」格瑞斯伸出腳踹了踹躺在地上的另一位少年，「真正的壞蛋就是這個小辮子了？」

莫忘：「……」都說了不要隨便給其他人取外號啊！而且，真的是陸學長嗎？

「不。」

艾斯特此言一出，幾人都驚訝了。

還是莫忘最先問道：「艾斯特，你知道什麼嗎？」

「最後一劍時，我感覺到了某個人的魔力。」

「哈？」什、什麼意思？

「魔力？」莫忘聽不明白的話語，同樣身為魔族的格瑞斯當然能夠聽懂，他臉色瞬間大變，「你的意思是？」

艾斯特點了點頭，「當時在場的人，除去這兩位普通人外，剩餘的是……」

「我和陛下！」賽恩舉起手，「應該是這樣沒錯。」說到這裡，他好像剛反應過來，「艾斯特前輩，你不會說我們之一是主使者吧？」

「沒錯。」

「……」X3

「艾斯特，這可不是可以開玩笑的事情！」格瑞斯出聲警告，說完後怔住的人反而是他自己──艾斯特開玩笑？他真的會嗎？

「我當然知道。」

所有守護者都得到過魔神的祝福，質疑他們簡直就像是在質疑那位大人。同時，守護者雖然不限定出生，但其實大部分人都出生於大家族——哪怕擁有著同樣的天賦，貴族家庭的孩子一般也比普通家庭的孩子強大，家族底蘊直接決定了起點的高低以及路途的曲折程度。

所以，艾斯特如果在沒有充足證據的情況下懷疑任何一個守護者，無疑會引發極為嚴重的後果。

至於魔王陛下……格瑞斯壓根不覺得艾斯特是在懷疑她，因為根本不可能好嗎？再說，就算陛下真的做了那種事，他們也只會拍著手掌說「好！」，怎麼可能有任何的反對意見？

因此，艾斯特話音所指的人無疑是——

「我？」賽恩手指著自己的鼻子，表情是滿滿的疑惑。

「是的，就是你。」艾斯特一邊說著，一邊緩緩拔出了腰間那把銀藍色的長劍。

金髮少年沒有拿出武器也沒有做出任何反抗的舉動，只是表情認真的說道：「我怎麼可能會做那種事，艾斯特前輩，你是不是哪裡弄錯了？」

「賽恩．哈柯帝士。」艾斯特舉起手中的劍，冰冷的嗓音自口中流出，「如果你真的問心無愧，就毫無反抗的以血肉之軀承接我的劍。」

「艾斯特……」莫忘想說些什麼，但最終還是停住了話音。一來，她相信艾斯特絕對不會無的放矢；二來，她覺得他不會真的對賽恩下手……沒什麼理由，但心裡就是這樣認為。

「好！」賽恩毫不猶豫的答應了，面對那把僅僅一下子就滅絕了魔物的強大長劍，他沒有表現出任何的懼怕，只是轉過頭看向莫忘，「陛下，無論什麼時候，我都不會背叛您，請無論如何都要相信這一點！」

「那麼……」

「艾斯特，等等！」

格瑞斯想要阻止，可惜已經太晚了。

劍勢以驚雷之勢落下！

莫忘下意識的閉上雙眸，但緊接著又意識到，這種時候她不應該做出這種類似於逃避的行為，於是再次睜開了眼睛。

只這一閉一睜的工夫，艾斯特已經將劍收回了鞘中。

格瑞斯：「……」他這是在玩什麼？

而自始至終都直視對方的賽恩也是一頭霧水，「前輩？我……」話音未落，他身上的衣服突然「嘩」的一聲，盡數碎裂，只剩一條有海星圖案的平角內褲得以倖存，「嗚哇！這是怎麼了？！」

莫忘猛地捂住雙眼：喂喂，這到底是什麼情況？艾斯特刻意拔出劍就是為了脫掉他的衣服嗎？……總覺得有哪裡不對！

新世界的大門似乎再次打開了！

「等等，賽恩，你背上的是什麼？」

「哈？什麼什麼？」

「就是……」格瑞斯這個臭美的傢伙不知從哪裡掏出兩面巨大的落地鏡，一前一後擺在賽恩身邊，「這裡，看到沒？」

賽恩這才發現自己的後腰處似乎多了些不知名的漆黑玩意，「咦？這個是哪裡來的？看圖案似乎是……」

「微型魔法陣。」艾斯特一邊說著，一邊也不知從哪裡掏出了一套衣服丟給賽恩，「應該是在你不知道的情況下烙刻上的。」

「難道？」格瑞斯想到了一個可能性，旋即轉頭看向艾斯特，「莫非是……」

「無論如何，先把它去掉再說吧。」艾斯特卻突然出口打斷了他的話，「格瑞斯，我們之中……不，在整個魔界，恐怕也很難找到比你更擅長處理這種情況的人。」

「那是當然！」被死對頭「崇拜」了的紫髮青年瞬間得意了起來，一把揪住賽恩就往回走去，「走，讓你看看我的厲害，哈哈哈！」

賽恩叫道：「等等──前輩，我的衣服還沒穿好呢！」

「閉嘴！反正待會還要脫，穿什麼！」

「……哎？？？」

艾斯特注視著兩人離去的背影，微嘆了口氣，心中浮起了濃重的愧疚。沒錯，他是故意打斷格瑞斯的話，但並非是想刻意隱瞞些什麼，只是無意識的……等反應過來時已經那麼做了。又或者，他內心其實很清楚，女孩一點都不想聽到那個「事實」，因為她是如此的愛著這個世界。

所以……

即便知道「逃避」不可行，他也無論如何都說不出口。

「艾斯特。」聽到賽恩似乎離開後，還乖乖捂住眼睛的莫忘問道：「他們走了嗎？」

「是的，陛下。」艾斯特躬身答道。

「那就好。」莫忘鬆了口氣，隨即輕聲抱怨：「真是的，艾斯特，下次做這種事的時候要跟我說一下啊，差點就看到他的……咳咳咳……」

艾斯特露出疑惑的眼神，「陛下您之前不是見過嗎？」

「……」召喚的時候的確……不，應該說他們所有人的身體她都見過，但那壓根不是自願的好嗎？再說，看了一次也不代表可以習慣看啊！說到底只有變態才會習慣這種事吧喂！但是這種話怎麼可能說得出口……

莫忘無力的扶額，「算了……對了，校園中的情況怎麼辦？之後該怎麼解釋？」那一大堆亂局……

「您無須擔心。」艾斯特的話語很快撫平了莫忘內心的憂愁，「夢魘石損壞後，時間會倒流到它啟動的前幾分鐘。」

「哎？是這樣嗎？」

「是的。」

彷彿證明著青年的話語並非虛妄，下一秒，莫忘發現時空真的發生了轉換，原本站在身邊的艾斯特已經不見了蹤影，而穆學長正似笑非笑的站在自己面前，她一時之間有些摸不著頭腦。

「學妹。」

「啊？什、什麼？」

「妳說要推薦給我的舞伴呢？」

「哎？」是倒流回了這裡嗎？這麼說……莫忘轉過頭朝一側喊道：「賽恩！」

片刻後，金髮少年淚流滿面的走了過來，為什麼時間會倒流回這個時刻啊！好不容易才把這身可惡的衣服脫掉的！假髮緊身衣連身裙高跟鞋什麼的好痛苦嗷嗷嗷嗷！

莫忘看了看賽恩，又看了看穆學長，等等！這個情況，莫非……之前那驚人的一幕會重演？怎、怎麼辦？一方面覺得袖手旁觀會很可惡，另一方面又……咳，有點期待。

她正糾結間，踩著高跟鞋的賽恩居然真的再次倒了下來，只是這次——

「啊啊啊啊——小小姐請讓開！」

「咦？」不、不是吧！

好在莫忘被撞到的前一秒，一隻手牢牢實實的拎住了少年的衣服。

「你這傢伙怎麼跑到這裡來了？讓我好找！」

「……格瑞斯前輩。」

「跟我走！」

「等等等等，別脫我衣服啊！」

「……」莫忘擦汗，這都是怎麼一回事啊？

不遠處的艾斯特含笑看著這一幕。

★◎★◎★◎★◎

更遠處的某位少年，正一路狂奔在馬路上，整個人都抓狂了。

「啊啊啊！什麼情況？為什麼我要重新再跑一次啊！」明明都要走進學校了，結果突然被倒帶什麼的傷不起啊！

一隻白貓與一隻白色大狗緊跟著少年奔跑，片刻後，頂著死魚眼的白狗受不了的停了下來說：「不行，年紀大了……動不了了……」趴地不起，再次一秒入睡。

白貓：「……」這傢伙還敢更懶嗎？！於是——

「主人主人你抱著我跑呀！」星星眼看。

石詠哲：「……」這種時候就肯叫他主人了嗎？！

★◎★◎★◎★◎

「結局」毋庸置疑，有魔力者銘記了這段記憶，無魔力者則徹底被消除了記憶，但是……真的是這樣嗎？

「如果石詠哲不可以的話，那麼，我可以嗎？」

「就是說，要不要試試和我交往？」

少年含笑聽著手機中的錄音，輕聲自語：「雖然腦海中沒有任何記憶，但我的手機還真是保留了了不起的東西呢。不過，子瑜，你居然……」

——有趣！

「學妹，剛才那位『舞伴』是男性吧？」

「對！」

——而且你們還……咳咳咳……發生了一段不可說的那啥啥。

莫忘默默捂住鼻子，糟糕，只要一想這裡就開始發熱呢，好奇怪。

「……」她居然回答得這麼乾脆。

「總之，學長你還是找個新舞伴吧。」雖然穆子瑜沒有之前的記憶，但莫忘顯然並未將其忘卻，所以不自覺間，她說話的語氣也自然而然變得比之前親近又直接，「因為我壓根不會跳舞啊。」

說完這句話後，她左右看了眼，發現陸學長這次似乎沒跳出，但為了以防萬一，還是湊近了些小聲說：「雖然昨晚努力練習了，但很可惜，完全沒成果。」還差點把格瑞斯弄死……

「……」穆子瑜低頭注視著離自己不算極近卻也絕對不能算遠的少女，毫無疑問，她已經突破了自己的「安全距離」，可奇妙的地方就在於，他居然沒有覺察到任何負面情緒，甚至在某一秒想「再近些其實也沒關係」，這種情緒莫名卻又順理成章到讓他有些心驚的地步。

下一秒，莫忘就縮回頭站正。

「那麼，不打擾學長了，我先走啦！」揮爪。

「等……」

「啊？」本來已轉過身的莫忘重又扭過頭來，疑惑的歪了歪頭，頭頂的小惡魔角在夕陽下泛著火樣的光澤，「學長，還有什麼事嗎？」

穆子瑜悄然縮回方才不自覺伸出的手，緊握成拳，臉孔上掛起了一個溫柔的笑容，他搖了搖頭說：「不，什麼都沒有。」

「這樣啊……那，學長再見！」

「……再見。」

他注視著女孩離去的背影，行走間，她背後的羽翼微微顫動，尤其是有微風拂過時，那些漆黑的翎羽便紛飛了起來……彷彿那翅膀是真的一樣。

——惡魔。

——她也好像是真正的惡魔一樣。

——如果不是這樣，又怎麼會……

「唔，還沒看夠嗎？」

「……」穆子瑜斂起表情與心緒，面色冷淡的轉過頭，「你什麼時候來的？」

「剛才呀。」穿著一身聖誕老人服的陸明睿蹦蹦跳跳的跑了過來，舉起手中的拍立得，開心的問：「而且拍到了不錯的照片哦，要看嗎？」

「照片？」

「嗯。」陸明睿笑咪咪的點了點頭，「要看嗎？」說完，他將一張背過來的相片塞到了好友胸前的口袋中，「Merry Christmas～禮物拿好～不要太感動哦～」

「……」

幾乎是同時，一路走到校門口的女孩也終於看到了不遠處氣喘吁吁跑來的小竹馬，她不禁鬆了口氣：太好了，看來這個傢伙真的沒遇到任何危險。

「妳沒事吧？」

「你沒什麼事吧？」

「……」

「……」

面面相覷了片刻後，兩人同時笑出聲來。

莫忘揉著肚子無語的說：「跑得要死的人是你，我能有什麼事啊？」

「……妳管我。」之前發生的事還是別讓她知道比較好。

莫忘鼓了鼓臉，她是在關心他好嗎？真是好心沒好報。她輕哼了聲轉過身，賭氣道：「不管就不管，誰稀罕！」

一直偷眼看女孩的少年終於可以明目張膽的看了，之前在迷宮中環境實在是太過昏暗，以至於完全沒機會看清楚，而現在……某人看著看著……咳咳咳，臉自然而然地越來越紅。

——我家小青梅不可能這麼可愛！

所以當莫忘扭過頭時，就見到某人已經解開了兩粒衣釦，正努力單手搧風。

「喂，你有那麼熱嗎？」莫忘奇怪的問。

石詠哲有些結巴的說：「囉、囉嗦，我跑來的啊！」

「那是因為你自己耽誤了時間吧？」

「那是老媽的錯好嗎！」

「張姨怎麼了？」

石詠哲一想到這個就淚流滿面，「她老讓我脫衣服再穿衣服！」

「……你都這麼大人了還讓媽媽幫忙穿衣服？」真是人不可貌相……

「……妳胡思亂想些什麼呢！」

莫忘揮手：「再見！」

「別走啊！」

少年少女就這樣一邊吵著、一邊朝禮堂所在的位置走去。

在他們離開後不久，附近修剪齊整的花壇中，兩位少女鑽了出來，一位身穿王子服，留著俏皮的短髮，而另一位則打扮成天使，長髮飄飄。後者默默朝前者伸出了手，短髮女生淚流滿面的將一張鈔票遞到小夥伴手中，「妳贏了。」

林樓接過鈔票，微笑著將其折疊好收了起來。

「可是妳怎麼知道小忘一定會拒絕穆學長啊？」蘇圖圖扶額，「石詠哲那個蠢蛋居然可以反敗為勝，不科學啊！」

林樓淡定的說：「女性的直覺。」

「這樣啊……喂！」蘇圖圖眼淚更加洶湧，「妳是在諷刺我不是女性嗎？！」

「只可意會。」

「妳夠了！」

鬱悶到了極點的蘇圖圖索性蹲下身，手拿著一根樹枝在地上畫起圈圈，「反正我就是沒女人味，隨便妳怎麼鄙視，哼！」

畫了片刻，沒得到一丁點「安慰」的蘇圖圖更加憂鬱了：為什麼都不理我！嚶嚶嚶嚶，一直畫圈圈很悶的！

就在此時，一枚一元硬幣出現在她的面前，蘇圖圖呆呆的抬起頭，「啊？」

「安慰金。」林樓說著，用另一隻手摸了摸她的腦袋，「不難過了，不難過了。」

蘇圖圖默默的接過錢，果然覺得好受了許多，而後再一想，不對呀，自己掏出去的是鈔票，只拿回一元硬幣，居然還滿心感激……她原來真的是蠢蛋嗎！

第三章

魔王也想參加舞會

此時，一度被耽擱的舞會終於開始了——除去少數幾人外，所有人都沒意識到這一點。作為這次活動的主辦者之一，穆子瑜果然在跳開場舞，而他的舞伴則穿著一身可愛的花仙子服飾。莫忘站在人群中，和大家一起笑著拍手鼓掌，時而喊出一聲「好棒！」來起鬨，很快就融入了快樂的氣氛中。

而站在她身旁的少年，沉默了一會兒後，湊到她耳邊輕聲問：「妳怎麼不和他一起？」

「我不是在那之前就答應了你嗎？」

「……」

「騙你的！」

「……」

「今晚我不會和任何一個人跳舞的。」莫忘說著，笑咪咪的如同遊魚一般滑入人海中。

「喂！」

石詠哲連忙奮力的朝莫忘所在的方向「游去」。

就在此時，在場的人們如同被激發了什麼熱情，紛紛兩兩成對或者更多人搭在一起蹦跳了起來。事實證明，像莫忘那樣不會跳舞的不在少數，畢竟都還是學生，沒時間學這個也是非常正常的事情。而所謂的「學生舞會」，重點也從來不在「舞」，而在「會」——總而言之，一切不在課堂上的會面就是最完美的會面！

一時之間，場面像極了「群魔亂舞」。

莫忘躲在板凳後面，看著被一群好哥們強行拖去跳「兔子舞」的石詠哲，捂住嘴噗嗤的笑出聲來，而後非常壞心眼的拿出手機，拍攝了幾張「兔子勇者」的照片——那群壞傢伙直接搶走了石詠哲的軍帽，更非常不厚道的往他頭上戳了兩隻兔子耳朵。

隔壁班的男生不知道是不是商量好的，居然一起做貓咪打扮，咦？還有大狗？喂喂，還真有人穿著南瓜裝啊！那個是……牛頭人？

莫忘覺得自己的手和眼都不夠用了，唯有一路「啪嚓、啪嚓」不停的拍著照片，直到手機的電量提示不足，她才依依不捨的停下了動作，而後才反應過來似的一囧，雖然調了夜間模式，但照片真的能看清楚嗎？

「陛下，請用。」

「哎？」莫忘側過頭，發現艾斯特居然遞上了一顆電池，她瞬間無語，「你連這個都會隨身攜帶嗎？」

「是的，為陛下解憂是屬下分內之事。」

「……」細緻過頭了吧喂！

雖然心中如此吐槽，莫忘還是拿過電池換好，而後將手機塞回了口袋中。

「陛下不照了嗎？」

「嗯，剛才拍累了。」

「那麼，接下來要跳舞嗎？」

「……你又不是不知道我的跳舞水準。」不提還好，一提她簡直淚流滿面，「我那壓根不是跳舞，是謀殺吧！」她嘆了口氣，「如果可以的話，我也想跳啊……」看大家都很開心的樣子……QAQ

「那麼，陛下——」艾斯特突然單膝跪在她面前，朝她伸出右手，「不知道有沒有這個榮幸，邀請您跳一支舞呢？」

「……你是想死嗎？」除了這句話，莫忘真的不知該如何回答。救命！這裡有個想死的抖M啊！

艾斯特搖頭。

「難道說？」莫忘心中浮起一個不可思議的想法，她立刻試探性的問道：「你是有辦法解決我的問題？」

「是的。」

「！！！」居然還真的有啊！

驚喜交加的莫忘二話不說就將手放到了艾斯特的手中，「那麼就交給你了，艾斯特！」

只能圍觀什麼的太可憐了，她也要加入小夥伴！

「等、等一下，我們先在角落裡試一下！」這樣就算丟人也不會有很多人看到。

「是。」艾斯特點頭，「陛下，請您按照我說的方法做。」

「嗯嗯！」

緊接著，十來秒鐘後……

莫忘滿頭黑線的注視著兩人現在的姿勢，「這、這樣真的沒問題嗎？」

「陛下，請放鬆。」

「……」這種情況下，能放鬆得下來才怪吧！

「那麼，我要動了。」

「等等等！動作輕一點！啊！」

「陛下？」

「好、好厲害！」

「需要我慢一點嗎？」
「不，就這樣繼續，不要停下來。」
「是。」
雖然對話聽起來似乎總有哪裡怪怪的，但青年與少女的舉動其實是相當純潔的，如果非要說有哪裡不太對勁，那大概是他們跳舞的姿勢與正常人相比稍微有些……特殊。
與之前不同，艾斯特換上了一身銀灰色的西裝，之前穿的那套因為歷經不少「運動」而顯得髒汙，他自然不能讓其「玷汙魔王陛下的英明形象」——雖然魔王大人表示完全不知道哪裡有妨礙，但對於某人的「龜毛」屬性她顯然毫無辦法。
莫忘倒是沒換衣服，只是原本穿在腳上的黑色皮鞋此刻正歪歪斜斜地靠在一邊的牆角處。而這時莫忘才發覺，原來身高差所帶來的並不僅僅是「缺點」，比如……她那僅套著襪子的小巧腳丫子此刻正踩在艾斯特的鞋面上，以這種奇異的方式隨著他一起舞動。
最初，她是小心翼翼的踩了上去，雙手則緊緊的握住對方攤平的掌心，生怕一不小心就失去平衡，但艾斯特的動作顯然很穩，原本緊張得要死的莫忘就那麼被他輕鬆的帶著跳了第一步、第二步……於是莫忘自然而然的就放鬆了下來，到最後玩舒服了，甚至小聲的要求他加快速度。

莫忘明白他們跳舞的姿勢太過奇怪，所以只待在角落裡過過乾癮，沒想去吸引他人圍觀的視線。

即便如此，依舊有人注意到了他們。比如——

「嘶！」

穆子瑜輕聲道歉：「……抱歉，學姐，妳沒事吧？」

「不，沒事。」她雖然稍微有些痛，但面對少年滿含擔憂色彩的目光以及溫和的臉孔，這樣的話似乎無論如何都說不出來。

「真的非常抱歉。」穆子瑜彷彿由衷的鬆了口氣。

「……嗯，不過，你剛才看到了什麼？」花仙子打扮的學姐一邊問著，一邊好奇的轉過頭去。說來也巧，就在這一瞬間，角落裡的青年帶著女孩靈巧的轉了個圈，所以學姐只看到那銀灰色的背影，馬上就毫無興趣的轉回頭。

穆子瑜溫柔的笑了笑，「只是稍微走了神。」與此同時，微皺了一下眉頭。

學姐下意識問道：「學弟你是身體不舒服嗎？」

「不，也沒有非常……」

「那還是休息一下吧。」

「可是……」

「沒關係啦，開場舞已經結束了。」學姐說話間就當機立斷停下了動作，「我去弄點熱水來給你。」

穆子瑜略赧然的說道：「那怎麼好意思。」

「沒事的，等我一下哦。」

「……」

失去了舞伴的穆子瑜後退幾步，靜靜的靠在牆上，視線不自覺的轉向角落。

也許是因為跳得實在是太開心了，女孩臉上的笑容異常燦爛，時而還會做幾下危險的蹦跳動作，反正加持了敏捷的她完全不用擔心會失足，就算不小心失足，青年也會動作靈敏的接住她。

「學弟，水。」

「謝謝。」穆子瑜接過水杯，禮貌的道謝。

「不用客氣。啊，是艾老師啊！」學姐這一次真正看到了兩人的面目，隨即笑了，「他們是在做什麼呀，你剛才不會是被他們的舞姿嚇到了吧？」

「……」

「說起來，那個女孩應該就是艾老師的表妹吧？」

「表妹？」對了，資料中似乎的確是這樣說的。

「嗯，傳說中的『移動冰山』居然會露出那麼溫柔呵護的眼神，真是不可思議。」學姐雙手抱臂，接著說道：「不過，那種眼神……他們真的是表兄妹嗎？」

「啪！」一聲細微的脆響自少年手中發出。

「學弟，你覺得……」

穆子瑜打斷了她的話：「抱歉，學姐，我去一下洗手間。」

「……哦。」

被重新放在桌上的水杯折射著彩色的光芒，如果仔細看去，就會發現玻璃上多了一條不太明顯的裂痕，而水位……卻自始至終沒有發生任何變化。

少年一口都沒有喝。

再比如——

「艾斯特！那個只會拍馬屁的混蛋！」

「……前輩。」

「和陛下跳舞的明明應該是我！」身穿白西裝、繫著紫色領帶的青年怒氣衝衝的跳腳。

而他的身旁，同樣身穿白色西裝卻繫著藍色領結的少年則徑直朝角落走去。

「喂，賽恩，你要做什麼？」

賽恩回過頭，無辜的回答道：「去和陛下跳舞啊，艾斯特前輩的話應該不會阻止的吧。」

「……」這也是個擅長趁虛而入的混蛋啊！不對，「等等，我也去！」

可惜，結果卻變成了——

「艾斯特！把格瑞斯放你腳上！」

「……是。」

「小小姐陛下，真是好主意！我來幫忙脫掉前輩的鞋子！」

「喂，等等，不要啊啊啊！」

於是，兩位青年就這樣跳起了「似乎有哪裡不對，又似乎一切都很對」的舞，雖然看起來兩人都不太樂意。

而剩下的人……

金髮少年單膝跪在女孩面前，誠懇道：「小小姐陛下，可以和我跳舞嗎？」不得不說，他真是將「趁虛而入」的本領發揮到了極致。

「哎？」

可惜——

一隻手伸出，默默的拎起了金髮少年的後領。

「哎哎？格瑞斯前輩？」

「呵呵呵呵，和我一起吧！」

「……咦？」

情況似乎就這樣變得更加混亂了。

為了防止自己也「被迫加入」，莫忘一邊笑著、一邊連連後退，跑了挺遠後，她突然覺得腳丫子有點涼，一低頭才發現自己居然忘記穿鞋子了。

「妳是笨蛋嗎？」

「……」

一回頭，身著藍色軍服的少年正臭著臉看她。

「我才不是呢！」

「不是的話妳的鞋子呢？」

「當然在……」咦？

莫忘定睛看了一下四周，隨即淚流滿面。放在角落中的鞋子在剛才的「混亂」中，不知何時被踹到了舞池，而後被帶著帶著就消失了……別鬧了！她要一直保持這種造型嗎？會感冒的喂！

「真是的。」石詠哲嘆了口氣，這傢伙就不能不這麼迷糊嗎？小時候看電影掉鞋子也就算了，都這麼大了還能掉？

沒錯，剛才不幸被拖去另一角落這樣這樣那樣那樣的少年壓根沒見到女孩剛才跳舞的情景……嗯，這到底算是幸運還是不幸呢？

「我又不是故意的。」

石詠哲注視著鼓起臉頰的莫忘，再次嘆了口氣，隨即彎下腰，一把將她公主抱了起來。

「咦？你做什麼呀？」

「別亂動，我帶妳去找鞋子。」

總是被小青梅公主抱的少年，似乎終於找到機會「回敬」，他心中很有點想要淚流滿面的衝動。

「啊？」

「女生的更衣室裡應該有吧？」

「嗯。」莫忘點了點頭。

和男生不同，女生為了搭配校服衣裙一般都會穿皮鞋，所以體育課時需要的衣服和鞋子幾乎都會放在更衣室裡，一人一個小格子，雖然空間不大，但裝這些東西卻足夠了。而莫忘恰好帶著鑰匙。

「那走吧。」

「嗯……不過你還是揹我吧。」莫忘總覺得在大庭廣眾之下擺出這樣的姿勢有點羞恥，大概是因為之前艾斯特給她留下的心理陰影吧……

「真麻煩。」石詠哲輕輕的嘟囔了聲，雙手靈巧的一翻，莫忘便咕嚕咕嚕的滾到了他的背上，「抓好。」必須為勇者之魂的加持點個讚，否則怎麼能如此帥氣？

「知道啦！」莫忘壞心眼的伸出手狠狠勒緊自家小竹馬的脖子，「這樣可以嗎？」

「……妳是想謀殺嗎？！」

「是啊！」

「……」

沒多久，石詠哲的臉就憋紅了。

一方面，他的確是因為有些喘不過氣；另一方面……因為這姿勢的緣故，女孩的上半身正緊緊貼著他的背脊，雖然已經是秋天，但考慮到晚上的「情況」，兩人所穿的衣服都不能說厚，再加上……咳咳咳，這個年紀的女孩就算不「突出」，也絕對不是傳說中的「飛機場」或者「洗衣板」，最初少年還沒反應過來，然而一旦意識到了這一點，整個人就不好了，連走路都差點打起擺子。

而莫忘意識到石詠哲越走越飄、越走越斜、越走越抖，還以為是自己把他勒得太緊，嚇得連忙鬆開了手，擔憂道：「喂，你沒事吧？」卻不知道自己陰差陽錯的避免了一場悲劇。

「……沒事。」石詠哲的嗓音有些沙啞，心中鬆了口氣，又隱約有些失落。

某種意義上說，這個年紀的少年心和少女心一樣難以捉摸啊！

就在此時，門口有人很無良的喊道：「喂，阿哲，你今天的裝扮是豬八戒嗎？」

「哈？」

「豬八戒揹……咳咳咳嘛！」

「閉嘴！」

「哈哈哈哈，他不好意思了！」

石詠哲在眾人的哄笑聲中，不得已加快了腳步。終於走出禮堂後，他吹著迎面而來的夜風，咬牙說：「那群混蛋！」不知道說那種話很尷尬嗎？不，應該是知道才說的，真是太、無、良、了！

「就是！」莫忘點頭贊同，「比起力氣，明明是我比較大！」

「……重點在這裡嗎？！」

「不然呢？」

「……」石詠哲沉默了，總不能說重點是「妳是我老婆」吧？這種話……他、他說不出口啊喂！

★◎★◎★◎★◎

在沁涼夜風的吹拂下，少年身上因為之前某些「意外」而急速飆升的熱度漸漸散去。因為幾乎所有人都聚集在禮堂裡的緣故，校園中很安靜，只偶爾會有手持電筒的保全路過，十分盡職的巡查著每個角落。

路燈也都盡數開了，所以道路並不黑暗。雖然已經是秋季，燈光下卻依舊有飛蟲聚集，牠們動作間，偶爾會在地上投下巨大的陰影。

石詠哲揹著莫忘，行走在寂靜的夜路上。

也許是因為有些累了，女孩溫暖的軀體懶洋洋的趴伏在他背上，雙手鬆鬆的攬住他的脖子——完全放鬆的姿勢，而他的雙手隔著衣物穩穩托住她的腿彎，只是簡單的動作，卻也想盡可能的讓她舒服。

事實上，他成功了，因為不久後就聽到了這樣一聲——

「啊嗚……」

石詠哲聽著背後傳來的模糊哈欠聲，不知為何有點想笑，「睏了嗎？」

「……嗯。」莫忘縮回一隻手，揉了揉眼睛，「大概是因為剛才玩過頭了，稍微有點……啊嗚……」

雖然這話音聽起來有點可憐，但石詠哲還是「硬下心腸」提醒她：「喂，別真的睡著，會著涼的。」

「……我知道。」

「……」聲音都快聽不到了，知道個鬼啊！

也許是為了重新讓女孩打起精神，也許是此情此景觸發了記憶的閥門，石詠哲突然說道：「還記得嗎？小時候有一次也像現在這樣，妳在外面睡著了，我就揹著妳回家。」

聽到這個，莫忘還真的來了點精神，同樣回憶了起來：「唔，我記得是去別的同學家裡玩吧？」

「嗯，妳窩在人家沙發上就睡著了。」

「因為玩了很久啊。」莫忘想著想著，腦海中的回憶漸漸清晰，「反正我只記得在外面睡著了，不過醒來的時候已經在自己的床上了，然後第二天就感冒了。哼，都是你的錯！」

「喂，關我什麼事？」

「誰讓你不把我叫醒！」

「妳以為我沒叫嗎？！」石詠哲同樣輕哼了一聲，「也不知道誰和小豬似的，怎麼都不願意起來。」

「誰是小豬啊！」

「誰承認就是誰！」

莫忘不認輸的嚷道：「石、詠、哲——！」

「別鬧，會掉下去的……」

結結實實的「收拾」了某人幾下後，莫忘才再次安靜下來，不過方才的睏意也不知何時不翼而飛，她無聊的伸出手扒拉起自家小竹馬的頭髮，白天看起來十分明顯的偏棕色髮絲在夜色中色澤並不明顯，只是柔軟的觸感依舊。她縮回手，摸了摸自己披散在肩頭的黑髮，雖然勉強可以稱為「黑長直」，但比起他的似乎要差了些。

莫忘不滿的鼓了鼓臉，一個男生的頭髮比女生還要柔順是要幹嘛啊？鄙視他！

「別想使壞啊。」竹馬表示自己其實挺瞭解小青梅的，「否則我就把妳摔下去。」

莫忘立即雙手抱緊石詠哲的脖子，「狠心的家伙，我只不過想拔光你的頭髮，你居然這樣對我，鄙視你！」

「……」到底誰比較狠心啊喂！

「不過，阿哲……」

「什麼？」

「你身上果然好暖和。」不管是背脊、脖子，還是托著她腿的大手，都暖到幾乎燙人的地步，雖然夏天可能是折磨，但對於這個季節的夜晚，真的是「千金良方」。

「笨蛋。」

「我哪裡笨了？」

「不是我太暖和，是妳身上太涼了。」說到這裡，石詠哲有一點點不滿，「穿成這樣是要做什麼？不怕感冒嗎？」雖然的確很可愛，但看到的人未免也太多了吧？那麼喜歡的話……可以在家裡穿啊！咳咳咳，順便讓他看一看。

「吵死了。」她拍他腦袋。白天又不冷，只是晚上稍微……

「喂！」

「快走啦！」她再次拍他腦袋，「還不是因為在外面才冷！」

「狡辯。」石詠哲嘴上雖然如此回答，但幾乎是立刻加快了腳步。

月色迷離，明亮的路燈照耀著前方的道路，遠遠看去，路的兩旁像是種滿了某種會發光的植物，只是它們即使在再大的夜風中也不會瑟瑟發抖。少年心中突然湧起那麼一點不捨，也許是非常不捨才對，他希望這段難得的路程能更長一點，走得更久一點。

——如果能這樣揹著妳一路走，前方再迷離也沒關係，路途再漫長也沒關係，天氣再惡劣也沒關係……

就像是小時候的一個下雨天，那天她剛好穿了粉嫩嫩的新皮鞋，放學後拿著紅色的小花傘站在教室門口，看著外面鋪天蓋地而來的大雨，紅撲撲的小臉皺成了一團，漆黑的大眼睛眨了又眨，就好像在說「弄濕新皮鞋什麼的最虐了！」，他看著看著，就不自覺的蹲到了她的面前，那時還很小的他聲音似乎很清亮：「上來，我揹妳！」

「阿哲……」她愣了下，又猶豫了下，捏著裙襬小聲的問：「真的可以嗎？」

對了，那天她穿了一身和皮鞋很搭配的淡粉色裙子，外面罩著白色的毛線外套，褲襪也是白色的，上面有著大顆大顆的草莓圖案，和頭髮上的草莓髮圈相映成輝，看起來簡直就像個小公主——雖然他沒見過真正的「公主」啦！但不管是當時的自己還是長大的自己，似乎都固執堅信著她就是個小公主，總是一不小心就會被巫婆或惡龍抓到，然後可憐兮兮的等著身為「勇士」的他手持長劍、披荊斬棘去拯救。

現在，這個聽似可笑的願望似乎真的實現了……可惜只是一半。

他是勇者，她卻變成了魔王陛下。

所以嬌滴滴到一推就倒的小公主變成了可以拎著他跑幾千公尺都不喘氣的大魔王……

不，這變化恐怕並不是突然發生的，或許從小時候起她就有著這樣的特質也說不定。

比如那一次，她最終揹著兩人的書包爬上了他的背，乖乖的舉著小花傘，替他遮蔽著巨大的風雨，時不時還伸出涼瑟瑟的小手摸摸他的額頭，小聲問：「阿哲，你累不累？要不要休息一下？」

真是笨蛋。

再小的男孩子也有著「男子漢」的自尊心，就算再辛苦也絕對不會輕易喊累。

那時她還剝開一粒甜滋滋的糖果，塞到他嘴裡，笑嘻嘻的問：「好吃嗎？」

「妳不吃？」

「最後一顆了，你這麼辛苦，所以給你吃。」

那天的糖果真的是甜過頭了，好像把全世界的糖分摻入其中，以至於此刻才一回憶，就彷彿再次品嘗到了那香甜的味道。

但是，那一天的風雨也真的太大了。

又也許是他看快到家門口就放鬆了警惕，不知踩到了什麼，一不小心失去了平衡，兩個人就那麼狼狽的滾到了泥水中。好在倒下時，他緊緊的把她護在了懷中，所以當時同樣小小的女孩沒有受一點傷，這件事即使放到今天都是值得驕傲的。

可是她卻哭得厲害。

她沒有去撿掉在一旁的雨傘，只是跪在他旁邊，看著他流血的手肘和膝蓋，哭得聲嘶力竭，一邊哭、一邊哽咽的說：「阿哲……阿哲……都是我不好……」一邊抽抽噎噎、一邊擦著臉，髒兮兮的小手在臉上抹來抹去，很快讓她變成了小黑貓，再被傾盆的大雨一沖，樣子真的有些……

但是，一想到那眼淚是因為他才流的，他怎麼可能覺得難看？

哭了一小會兒，她後知後覺的反應了過來，也不撿傘，順帶丟掉了背後的書包，居然就用那細細嫩嫩的兩條小胳膊與雙腿，一路把他揹回了家。被兩人的模樣嚇了一跳的四位家長事後都覺得不可思議，她到底是如何揹著比自己高了一個頭的男孩一口氣爬上四樓的？

這一點，好像至今都是個謎。

之後問她，她也只是呆兮兮的笑，偶爾還會纏著他說要再嘗試一下。當然，再也沒有成功過。

而那雙漂亮的鞋子雖然洗乾淨了，卻再也沒看她穿過。之後學校舉辦的一次愛心捐獻中，她把它捐了出去，表情看起來沒有一丁點的依依不捨。

他好奇的問：「怎麼捐掉了？妳不是很喜歡嗎？」喜歡到害怕雨水把它打濕的地步。

而小小的女孩是這樣回答的：「因為它害得阿哲你摔跤，我再也不要喜歡它了！」

「……」這答案還真是稀奇古怪。

但緊接著，她臉色就大變了。

「阿哲！」

「什麼？」

「那鞋子不會害得其他人也摔跤吧？怎麼辦？我是想幫助人，不是想害人呀！」

「……」這擔心也是那麼稀奇古怪。

但是，他卻覺得很可愛。

就算今天回想起來，他依舊覺得她挺可愛的。

有時候甚至會想，如果現在的他回到過去，一定能穩穩的揹起她，不會摔倒，也不會讓她滾進泥水裡，還會帶上一袋糖果給她，什麼口味都有，剝開後一顆顆塞進她嘴裡，看著她的小臉蛋像倉鼠一樣的鼓起來，再伸出手指戳一戳。

「阿哲？」

「阿哲……」

「石詠哲！」

「……什麼？」女孩持續不斷的叫聲，將他從回憶中扯回了現實。不過，他並不覺得可惜，因為此時此刻，她依舊乖乖的待在他的背上。

「啊～～」

「……」一顆圓球狀的東西被塞到了他嘴邊，那東西散發著熟悉的甜香味。

石詠哲微微張開唇，莫忘靈巧的手指輕輕一戳，它便滾入了他的口中。

「好吃嗎？」

現實在這一刻，似乎與過去重合了。

石詠哲情不自禁的笑了起來，輕聲問：「妳不吃？」

「最後一顆了，看在你這麼辛苦的分上，給你吃吧。」莫忘一邊說著，一邊伸出手拍了拍他的腦袋，「那是我最喜歡的口味！」

他突然縮回一隻手，塞入褲袋中，片刻後，將一小把糖果遞到了她的面前，「喏。」

「哇，好多！」她欣喜的一把將它們攏入手中，「咦？都是我喜歡的口味呢。」剝開，塞入口中，小臉如倉鼠般鼓起，她模模糊糊的問：「你怎麼會隨身帶著這麼多糖果啊？」

「不告訴妳。」

「喂！」

——那當然是因為……

——從那個時候起……

——從妳把最後一粒糖果給我起……

——我就一直一直想要這麼做了。

哪怕少年心中再不想結束這段路途，它始終是要到終點的。

正常情況下，女子更衣室男性是慎入的，但因為某人「腿腳不方便」的緣故，石詠哲只能揹著她打開門，進入房間後朝左走了一步，按下牆邊的開關，一聲輕響後，更衣室裡瞬間明亮了起來。

莫忘在這時也恰好吃完了一顆糖，湊到自家小竹馬耳邊說：「把我放在那邊的凳子上就可以了。」

話語中帶出的甜味撲面而來，少年的喉結顫了顫，臉頓時又紅了。

不在外面就是這點不好，熱量沒那麼快散去……而且似乎還有越來越燙的趨勢。他低著頭輕咳了聲，依言把女孩放到了長凳上。

緊接著，莫忘遞給他一把鑰匙，「1234號是我的格子。」說完，她又略得意的炫耀：「這數字厲害吧！你的是多少？」

「888。」

「……愛炫耀的都是壞蛋！」

「……」到底是誰先開始炫耀的啊？

石詠哲無奈的拿過鑰匙，上面暖暖的，滿是她身體的溫度，他把鑰匙握在手心，簡直就像握著她的手。

莫忘的格子裡收拾得很乾淨，上面是衣服，下面則是用塑膠袋裝得好好的運動鞋。石詠哲拿出鞋子，想了想，又拿起了運動服的外套，而後鎖好格子走了回來。

「阿哲！阿哲！」

人還沒走到，他就看到小青梅蹦跳開了，手還不斷的比劃來比劃去。

「看！我比你高！」

「……」能不高嗎？站長凳上呢。

莫忘不滿的鼓臉道：「你怎麼一點反應都沒有？」

「站在凳子上才我高幾公分有什麼值得驕傲的啊？」

「幾公分也是高！」

「……」那也不是真正的身高啊！

石詠哲滿頭黑線的走過去，才把東西放到長凳上，莫忘已經伸出雙手搭在他肩頭，左右看了看，滿意的點頭說：「我們這個身高差跳舞似乎正合適。」說話間，她挪下一隻手虛攬住對方的腰，輕聲哼了兩下節拍，小腳丫子微微挪動，而後忍耐不住噗嗤一聲笑出聲來，「阿哲、阿哲，要不要我借裙子你穿？」她明顯在跳男步。

石詠哲又害羞又想吐血，「誰會穿那種東西啊！」她腦袋裡到底都在想些什麼亂七八糟的東西呀！

「你呀~」莫忘又伸出手扒拉了兩下少年的頭髮，「再幫你梳條小辮子怎麼樣？」

石詠哲警告她：「……再這樣我不客氣了啊。」

「你想怎麼不客氣？」莫忘明顯沒把小竹馬的話當一回事，他總不能揍她吧？就算揍也揍不過！

「這樣！」他抱起她，猛轉圈。

「喂！」

竹馬少年本來就是一時被逼急了才做出這樣的舉動，等他發覺自己做了些什麼後，整個人都有點不好了！

——咳咳咳，今天難道是什麼福利日嗎？親密接觸的機會略多啊！雖然心裡是挺開心沒錯，但一下子吃到這麼多甜頭，總讓人覺得不安，好像接下來就會悲劇似的……自己這樣算是被殘酷的現實虐成抖M了嗎？

「放下我！」莫忘雙手猛拍石詠哲的腦袋。

記得小時候，偶爾他也會像現在這樣「欺負」她，然後明明心裡很開心，卻故意板著臉問：「還敢不敢了？」

小時候她會乖乖的回答：「我錯了。」小臉皺起，小身板縮成一團，看起來可憐又可愛。

而現在則是——

「我錯了，錯了！可以了吧喂！」雖然話語不同了，小臉卻依舊皺起，身體微微蜷縮，雙手緊緊扒住他的肩頭，好像生怕被他摔下去似的。

石詠哲的心頭熱熱的，有種不想放手的欲望，最後卻還是把莫忘放回了板凳上，伸出手戳了戳她額頭，「剛才那樣才像跳舞吧？」

「……有你這種會讓人吐出來的跳舞方法嗎？！」轉來轉去，她頭到現在都有點暈了好嗎？當心吐他一身啊混蛋！

「囉嗦！」

「哼！」

「滋……滋……」

就在此時，頭頂的燈光閃爍了兩下，整間更衣室突然暗了下來。

「呀！」莫忘下意識的發出一聲低呼，隨即抬頭看了看，「這是怎麼了呀？」

「大概是燈壞了，或者線路出問題了吧。不用管它，明天肯定會有人維修的。」石詠哲漫不經心的回答，然後催道：「妳快點把衣服和鞋子穿上。」

「知道了，石、阿、姨！」

「誰是阿姨啊？！」

「你！」

「……」

石詠哲無語的抽搐了下嘴角，話雖如此，還是快速的從口袋中掏出了手機，打開手電筒模式，幫莫忘點起光亮。

突然——

「啊———」

「……」

「……」

那一聲突如其來的女性尖叫聲，讓女孩和少年同時看向外面的走廊。

兩人對視了一眼後，幾乎是同時說出了話。

「我去看看。」

「你快去看看。」

石詠哲接著說：「妳和我一起？」

「不用，我穿好鞋就去追你。」莫忘一邊說，一邊拿出自己的手機，「你帶上手機。」

「好。」

石詠哲點了點頭，沒有耽誤時間，抓起手機就朝外面跑去，並不是放心把小青梅一個人丟在黑暗中，而是……

跑出門的少年微側過頭，居然對著空氣輕聲說了句：「保護好她！」

——雖然就算不這麼說，那人也一定會做到這一點。

與此同時，莫忘快速的就著手機的燈光穿起了鞋子，可俗話說得好，越急越亂——她悲劇的發現自己的鞋帶居然打結了！就在她想著不管三七二十一先套上再說時，更衣室裡突然響起了這樣一句話音：「陛下。」

「……」莫忘的心猛地提起又重重放下，長出了口氣，扶額，「艾斯特，別嚇人啊。」

「請您原諒。」艾斯特快步走到女孩面前，單膝跪下身，「這種瑣事請讓我來處理。」

「……」雖然讓一位男性幫自己解鞋帶有點囧，但事實證明，艾斯特比她擅長做這個，她才剛穿好另一隻鞋子，對方就已經搞定了一切，輕聲說了句「恕我失禮」後，就用溫暖的大手抓著她的腳穿鞋。

「我我我自己來就可以了！」莫忘微紅著臉伸出手，自己把鞋子套好。不管怎樣她都不是孩子了，讓人幫自己穿鞋子也太奇怪了一點吧？

「請不必客氣，陛下，這是我應盡的職責。」艾斯特快速繫好鞋帶。

「……」他的職責到底是涵蓋有多廣闊啊？

不，不對，現在不是想這些的時候！

莫忘站起身，一把扯起長凳上的外套就朝外面跑去，「艾斯特，我們也去看看。」

「是！」

雖然距離少年離開也不過一、兩分鐘，莫忘還是跑得很快，加持的敏捷讓她的速度快到了可怕的程度，如果學校的體育老師見到，估計要不顧一切遊說她加入田徑隊的行列。

很快，兩人在附近的女生洗手間中找到了石詠哲。

此時，少年正站在洗手檯邊彎下腰，似乎抱起了什麼。

「阿哲？」

「小忘……」石詠哲回過頭。

藉著手機的燈光，莫忘注意到他的手中居然抱著一個女孩子，「她是……？」

「不認識。」石詠哲搖頭，「我來的時候就看到她倒在地上，好像是昏過去了。」

「那趕緊送去醫務室吧。」雖然是晚上，但考慮到今晚情況特殊，醫務室好像還是有開放的。

「嗯。」

眼看著石詠哲走出了門，莫忘正準備轉身，眼角餘光突然注意到地上有個東西反射著燈光，她好奇的舉起手機走過去一看，發現那是一隻銀色的手機。

——是剛才那個女孩子掉的嗎？

莫忘正如此想著，手機鈴聲突然響了起來，把她嚇了一大跳。

而上面的來電人是：小可。

一看就是非常親密的稱呼，莫忘覺得可能是女孩的朋友，猶豫了片刻後，她還是接起了電話。事實證明，她的猜測並沒有錯，在三兩句說清楚這裡的情況後，對方語無倫次的說了些感謝的話語就快速掛斷了電話，看情形似乎是正往醫務室趕去。

莫忘把響起忙音的手機從耳邊拿開，正準備合上，卻突然注意到手機的待機畫面。

那是一張照片。照片中所拍攝的是一位少年，他穿著紅藍色的球衣，單手夾著籃球，微微扭過頭，神情專注，似乎在看著不遠處的什麼。

這明顯是一張偷拍的作品，而主角卻是她熟悉的某個人。

「……阿哲？」莫忘喃喃低語。

「陛下？」

「不，沒什麼。」莫忘連忙一把合起手機，笑著搖了搖頭，「我們也去看看吧。」

「是。」

——為什麼呢？

——明明已經合上了手機……心頭卻是一陣狂跳……

莫忘不自覺的握緊掌心，裡面不知何時已經變得濕漉漉的。

——總覺得……

——好像偷窺到了什麼不得了的秘密。

因為那突發的意外，莫忘一路上都顯得有些心事重重。

關於這一點，站在她身旁的青年顯然覺察到了，時不時用擔憂的目光投向她，卻也知道這種時候保持沉默才是最正確的。

事實也的確如此，因為就算艾斯特問出口，而莫忘也願意傾訴……她仍不知道究竟該說些什麼。因為她壓根不知道自己這種奇妙的心情是從何而來。

兩人就這樣一路沉默著走到了醫務室，才走到門口，就聽到裡面傳來女孩們清脆的說話聲，莫忘知道，應該是那個昏迷女孩的朋友到來了。

——不知道那個女孩子怎麼樣了呢，有受傷嗎？

——應該不會有事吧？

如此想著的她突然有一點羞愧，剛才接電話時，對方明顯還在禮堂附近，但現在卻已經在醫務室裡了，而相距較近的她居然現在才走到這裡。

如果昏過去的是圖圖或者小樓，那她……呸呸呸！她們才不會出事！

這樣的她，是不是太自私了一點？

總、總之，要把手機好好還給人家才可以。

於是莫忘深吸了口氣，一把推開了門，「阻隔」被去除，裡面的情景也就自然而然清晰的浮現在她的眼前——

因為醫務室很空閒的緣故，那位昏迷的女生看來是被少年放在了最靠外的床上，布簾也沒有拉下。而這女生也不知何時已經恢復了意識，此刻背靠枕頭坐著，看樣子是沒什麼大問題，因為她的臉上此刻正掛著笑容，那十分有感染力的笑意一看就是發自內心深處。

一位馬尾女生站在床邊，應該就是那個「小可」吧？她一會兒注視著同樣站在一旁的少年，一會兒看向自己的朋友，時不時竊笑一下。

石詠哲則一手抓著頭髮，另一手拿著手機，低著頭不知在說些什麼。

緊接著，床上披散著長髮的女生雙手合十，似乎在懇求；少年猶豫了片刻，臉上露出無奈的表情，點了點頭。

那女生瞬間笑得更加燦爛，口中不斷說著「謝謝你！」，即使是站在門口的莫忘也清楚的聽到了這不自覺加大的話音，她下意識後退了一步，直覺告訴她，眼前的氛圍並不歡迎她的加入，或者說，根本就是在排斥她的加入。

不知為何，她稍微覺得有一點點難過。

心頭酸酸的，鼻頭也酸酸的，好像有什麼珍貴的東西被奪走了。

也許是因為這奇異的感覺，莫忘一時沒有站穩腳步，整個人朝後摔去，幸好艾斯特穩穩的接住了她，語調明顯有了名為「擔憂」的起伏：「陛下，您沒事吧？」

「不，我沒事。」莫忘搖了搖頭，而後發現因為這響動，醫務室裡的三人全部看向自己。

——又來了……

——那種好像偷窺了什麼秘密的討厭感覺……

感覺到尷尬的莫忘連忙擺了擺手，急道：「我不是故意進來的，我是……我是……我是來還手機的！」

——咦？手機呢？

她這才發現，因為剛才的動作，那隻銀色的手機居然從她手中滑落，掉到了地上。

莫忘連忙將手機撿起，雙手握著快步走過去，「我我我我我在洗手間撿到的，應該是妳的吧？不好意思，我不是故意摔到地上的……我……」

「真是的。」石詠哲嘆了口氣，「妳怎麼總是這麼冒失？」讓人完全沒辦法放心好嗎？連稍微離開她一下下都要仔細考慮，以免她又遭受了什麼「損害」。甚至於……恨不得把她縮小塞在自己的衣服口袋裡，隨身攜帶著，這樣才真的什麼都不用擔心了。

不過……這顯然是不可能的，雖然心動，也只能想想。

「……」莫忘默默的低下頭，這種時候應該要回答「要你管！」才對吧？但不知道為什麼，她現在完全不想說出這句話。

沒有得到平時回應的石詠哲顯然也覺得有些奇怪，他略疑惑的看了自家小青梅一眼，卻沒有得到任何一個眼神，哪怕是表達「憤怒」的都沒有。

「謝謝妳。」床上的女生接過手機，真心誠意的道謝。

「不、不用客氣。」莫忘連忙搖頭。

「手機是不是摔花了？」名叫小可的女生突然開口，指著銀白手機的一角，「妳看，這裡的漆好像掉了吧？」

莫忘連忙道歉：「……對不起！」不管怎樣，的確是她弄壞了對方的東西。

女生連忙搖頭：「沒、沒關係的，又不是什麼大事。」

但是小可卻不肯輕易放過這件事，「可是，瑤瑤，妳的手機是前幾天剛買的吧？」

莫忘接著道歉：「真的非常對不起，我會……」

「這些夠賠償嗎？」

「……」三個女生同時看向石詠哲，只見他不知何時從皮夾中拿出了全部的鈔票，將其放到了床頭櫃上，「如果還不夠的話，可以來一班找我，我們會賠償到底的。」

「……」

莫忘看著他，「這又不是你……」

「走了！」說完這句話後，石詠哲一把拉住自家小青梅的手腕，直接將她扯了出去。

「哎？」還因為剛才的事情而發呆的莫忘就這樣被「強行」拖走了。

留在醫務室裡的兩位女生面面相覷，氣氛一時之間沉寂了下來。

自始至終，她們都不清楚少年為什麼突然那麼做，卻也完全不敢阻攔，因為他看起來似乎生了很大的氣。

正疑惑間，一個青年靜靜的走到她們的身旁。

「艾、艾老師？」

緊接著，他不知從哪裡摸出了一小疊錢，居然跟著放在了床頭櫃上，「這些錢應該足夠買新手機了，所以，請務必不要去班上找他們。」

「……」

「……」

此時，已經被扯遠了的莫忘當然不知道艾斯特做了些什麼，她只知道自家小竹馬突然停下了腳步，而後她一時煞不住車，腦門就直接撞到了他的後背上。

「唔！」她用空出的手捂住額頭，小聲抱怨出聲：「你背上怎麼都是骨頭，硬死了！」

聽到這樣的話語，石詠哲反倒放下了心來。緊接著，他回過頭「惡狠狠」的戳了戳莫忘的額頭，「妳是笨蛋嗎？」

「哈？」她又做了什麼？難道是……她原本稍微雀躍起的心情再次沉了下去，「我剛才已經向她道歉了，如果你覺得不夠真誠的話，我會再去，錢也會還給……」

「誰在和妳說這個啊！」石詠哲氣簡直不打一處來，接著猛戳她腦袋，「她的手機也可能是掉在洗手間的時候弄壞的好嗎？再說妳怎麼也算是救人者，需要那麼……」

他知道自己的心態有點不對勁。

做錯了事向人道歉是非常正常的事情，但他就是看不慣！也無法忍受她那樣表情忐忑的向他人致歉後，再被他人用咄咄逼人的語氣傷害——明明她完全不是故意的，對方有必要說出那種話嗎？

其實仔細想來，對方也許並沒有說出什麼過分的話語，但石詠哲憑藉著某種直覺敏銳的察覺到那個叫小可的女孩話語中的針對之意，雖然不知道這微妙的「敵意」究竟是從何而來，但是他絕對無法接受，更無法眼睜睜的看著莫忘被欺負。道歉的話語，她只要對他一個人說就夠了。

像小時候那樣鼓著臉可憐兮兮的說：「對不起，阿哲，我錯了！」

或者像現在這樣沒什麼誠意的說：「我錯了，可以了吧？」

他不想聽到她對別人說這樣的話。

這樣想的少年估計不明白，他這種心態就是傳說中的——她只有我一個人能欺負！

或者說，就算明白，他也無法坦誠的說出口。

在這一點上，他遠遠比不上自己的小青梅。因為……

「阿哲，你是在生她們的氣嗎？」莫忘捂著被戳紅了的額頭，總算是反應了過來。

「哼！」石詠哲扭過臉，繼續拖著她往前走，表示這種愚蠢的問題他才不要回答！

走著走著，莫忘終於釐清了自己的情緒，後知後覺的開口：「阿哲。」

「什麼？」

「其實我剛才也在生氣！」

「……哈？」這反應也過度遲鈍了吧？

她肯定的說：「因為，我嫉妒了。」

「……」雖然明知道自己可能想太多，石詠哲的臉依舊刷的一下紅了，眼神四處亂瞟，就是完全不敢回頭看人。

莫忘顯然不知道這一點，雖然她可以明顯感覺到石詠哲掌心的溫度在升高，但他本來就是「小太陽」嘛！她只繼續說道：「從小到大，雖然我們也有很多玩得來的朋友，但是，你是我唯一的異性朋友，反過來好像也是一樣。」她鼓了鼓臉，「但是，剛才我稍微有點害怕……」

「害怕？」

「嗯。」莫忘點了點頭，「如果你和她做朋友，然後不理我了，我該怎麼辦呢？」

她從出生的那一刻起，人生之路就與名叫「石詠哲」的人交叉在了一起，這麼多年來一直並肩而行，所以從來沒有想過有一天她會不再和他一起走，或者……他丟下她，選擇和其他的人一起走。

如此說著的莫忘沒有注意到，自己說的是「她」，而不是「她們」，也根本沒發覺自己在意的其實並不是石詠哲與其他女生們成為朋友，而是……他和這個名叫瑤瑤的女生成為朋友——兩者之間的最根本區別就在於，後者明顯對他有著名為暗戀的情愫。

石詠哲一時無法回應：「……」

莫忘低頭踢了踢地上的石子，「而且，你剛才說我冒失，好像是為了別人指責我似的，我真的很難過！」

「……我只是隨口說說而已。」為了別人而指責她什麼的……他怎麼可能做那種事！

「嗯，我知道，但當時不知道嘛。」

「……妳真的是笨蛋！」

「喂！」

身後傳來女孩不滿的輕哼聲，少年的心裡有很多的開心，也許這不代表什麼，但至少意味著——他對她來說是很重要、很重要的，是這樣沒錯吧？

他的心裡還有著不少的羨慕，因為能這樣坦誠的說出心中所想……如果他能夠做到這一點，一切或許都和現在不同了吧？但是……

「所以，石詠哲！」莫忘難得的再次叫出了小竹馬的全名，她雙手握住他的手，強行拖停了他的身形。

「什麼？」臉上依舊染著許多紅暈的石詠哲看天看地就是不看她。

「讓我們做一生的好朋友吧！」

「……絕對不要！」

繼「親人卡」之後，她怎麼又開始發「朋友卡」了啊喂！絕對不收！殺了他也不收！誰要做什麼悲劇的「一生摯友」啊！ㄟ(ˋ□ˊ)ㄏ

「哎？怎麼這樣……你再考慮一下唄。」

「絕、對、不、要！！！！！」

第四章

魔王也想去同學家

狂歡夜結束的第二日，學校非常缺德的照常上課。學生們倒是沒有遲到，只是不少人慵懶的趴在桌子上，整個人看起來活像是被太陽曬乾的蘿蔔乾，乍一看去，顏色豐富，有白蘿蔔、紅蘿蔔……嗯，還有特殊品種黑蘿蔔。

「上課！」

「起立！」

「老師好……」

學生們集體站起，邊喊邊朝講臺上的教師鞠躬，只是這聲音聽起來多少有些有氣無力。

「同學們好。」

「坐下！」

一陣桌椅響聲後，班上重新恢復了寂靜，而講臺上的公民老師則推了推眼鏡，陰森森的笑了，「站起來沒精神，坐下去倒是很迅速嘛。」

學生們：「……」坐下去不快那是傻瓜吧？

「算了，原諒你們了。」老師微笑。

學生們：「……」集體炸毛！不好的預感！

原因無他，這位乍看之下很不起眼的小個子老師，在學校中名氣可不小。那麼，他的名氣哪裡來的？

來自他的腹黑程度！出了名的小心眼、愛坑爹！

「昨晚玩得開心嗎？」這位四十來歲的男老師再次推了推眼鏡，狀似溫和的問道。

「……開心。」

「開心……」

學生們集體淚流滿面，除了這個他們還能回答啥？

「開心就好。」公民老師滿意的點了點頭，「為了讓你們更開心，我們來考試。」

「……」

班上沉默了幾秒後，爆發出了慘烈的叫聲：「哎？？？」

「別激動。」老師笑道：「在我的提議下，今天你們所有科目的老師似乎都要來小考，不要太開心喲。」

「……」誰會因為這種事情而開心啊！(╯‵□′)╯︵┻━┻

「沒關係嘛，大家擔心什麼呢？」老師開始「安慰」起大家：「只要平時好好唸書，哪怕昨晚稍微玩了一下下，也沒什麼好擔心的啊！」但誰都知道，他就是在補刀，「除非……有些同學把全部心思都放在『玩』上，很多天都沒好好讀書過，呵呵。」

全班學生在最後的笑聲中集體抖了抖。

終於有學生弱弱的問了一句：「老師，要是沒考好會怎麼樣？」

「嗯？怎麼樣啊……你們猜猜看。」

「……」誰能猜得到您老那奇葩的想法啊喂！

在提倡「愛的教育」的今天，教師們幾乎都不會直接責打學生了，因為這樣會帶來一些不必要的麻煩，有時甚至會影響學校的聲譽。但同時，這種制度也大大開拓了他們的想法，讓這群老師們想出了一大堆坑爹的處罰辦法，比如「御賜垃圾工」、「掃帚小能手」、「跑步小英雄」之類，還美其名曰為「讓孩子們在挫折中學會上進」，真心是吐槽點滿滿，卻又沒家長會因為這個來找麻煩，到頭來痛苦的還是學生們……

而他們的這位老師正是腦洞派的翹楚人物。

據上一屆的學長們說，有一次聖誕節前後，班上大部分同學因為光想著玩而沒考好，這位老師不打也不罵，只是向其他老師借了課，啥事都不幹，就拖著這批學生繞著教學樓轉圈圈，一邊轉還一邊高聲大喊自己的分數，比如「我考了五十三！五十三！」、「我考了四十六！四十六！」……叫了一上午後，所有人全部淚流滿面，哭著喊著說再也不想不及格了，因為超級丟臉的啊！甚至有人替他們取外號叫「53」、「46」！一個不小心考了三十八分的同學尤其可憐。

所以，在這一瞬間，全班學生幾乎都看到了自己人生破碎的節奏……

好在倒楣的不僅是他們，全校教師像是商量好似的，聯手起來讓所有學生一起悲劇了。

有句話怎麼說來著？對了——「看到你不開心了，我就開心了。」

全班同學這麼一想，頓時都覺得挺開心的、心裡平衡了，因為大家都一樣悲劇。於是就這樣吧……不然還能怎麼辦？

痛苦的一天結束後，蘇圖圖慘嚎一聲，撲倒在桌上，「啊啊啊啊啊！這回死定了！我完全沒看書好嗎？啊啊啊啊！不想圍著教學樓轉圈圈喊分數啊！」

不少同學吐血：「……」親，求別補刀！好不容易才熬過來，準備忘記這件事的！

蘇圖圖腦袋在桌上來回滾了片刻後，轉過臉來問道：「小忘、小樓，妳們考得怎麼樣？」她滾得頭髮凌亂，還豎起了一堆呆毛。

「我嗎？」莫忘撓了撓臉頰，「就那樣吧……」

「這是什麼回答啊喂！」

「就是……老師說該背的我都有背，會寫的都寫了，不會寫的……」也沒辦法啊，總不能作弊吧？

且不說作弊本身就不對，一旦被抓住，結果會比考得差還要慘，因為教師們都堅定的認為「虛假的高分」比「真實的低分」更惡劣。再說，能考進這間學校的學生，基本上成績都不會太差，老師們的課也都上得很好，只要稍微努力一下就能跟上進度，所以正常的情況下不會有人那麼做。

況且她之前對舞會沒什麼非常大的興趣，所以並沒有走神太多天，考試雖然很臨時，但對於成績，莫忘還是比較有信心的，即便不可能考到前幾名，起碼她能做的、會做的都做了，完全對得起這段時間的學習。

話又說回來，卷子都收上去了，現在擔心也沒啥用吧？

「敵人！」蘇圖圖捶桌痛呼，「妳從現在起就是我的敵人！絕交了！」

「喂！」這友情也太脆弱了吧？

「小樓，妳呢？」蘇圖圖一臉期待的看向林樓。

戴著眼鏡的長髮女生搖了搖頭，「不太好呢。」

「哎？怎麼個不好法？」蘇圖圖頓時坐直了身體，明顯是找到了「命中注定」的戰友。

「剛才最後一題回答的時候有點倉促，字沒寫好。」

「……」蘇圖圖嚥了口唾沫，「妳的意思該不會是說……除了這一點之外，其他都做得很好吧？」

「是啊。」林樓老實點頭。

「啊啊啊！」蘇圖圖再次發出一聲可憐的慘嚎，撲地……不對，是撲桌，「妳也是我的敵人！敵人！」

莫忘：「……她這是被打擊到了吧？」

林樓：「大概？」

「……」別在這種時候犯天然呆好嗎？答案明顯是肯定的啦！

就在這時，莫忘突然想起了什麼，回頭問：「賽恩，你考得怎麼樣？」阿哲那傢伙壓根不用問啊！哼，從小就老是第一的傢伙最討厭了！

賽恩抓了抓後腦杓，燦爛的笑道：「我把卷子都寫滿了。」

「……很厲害呢。」果然不愧是魔界的高材生嗎？

「不過，小小姐。」

「什麼？」

「老師們看得懂魔文嗎？」

「……」莫忘差點噴出血來，深吸了兩口氣後，她語調顫抖的問道：「你你你……沒用中文寫？」

「是啊，因為才剛開始學習，很多字我寫不出來呀，所以不會寫的部分我就用魔文代替了。」賽恩回答得很坦蕩。

可就是這份坦蕩，瞬間秒殺了莫忘，她默默的替賽恩掬了一把同情淚——老師真的不會把他的卷子當成鬼畫符嗎！

身為同桌的石詠哲：「……」他就說剛才無意中掃了一眼這傢伙的卷子，怎麼看起來略詭異，原來是因為這個嗎？！

「回家吧！」蘇圖圖突然站起身來。

莫忘：「……妳不難過了？」

「本來還很難過的，但是聽到這傢伙的遭遇——」蘇圖圖用拇指指向賽恩，「我突然覺得好多了。」雖然聽不懂魔文是啥，但聽起來就是個悲劇，看到有人比她更慘，她就放心了！

莫忘：「……」喂喂！節操呢？

「好了，回家吧。」蘇圖圖笑著說道。

莫忘無奈的點頭，「也是，那明天見。」

蘇圖圖鼓臉道：「那麼急著說再見做什麼？我們至少還能一起走到門口！」

「也是哈～」

「那麼……」

「莫學妹！」突然有人叫。

眾人：「……」

聲音明顯是從教室門口傳來的，莫忘和小夥伴們扭頭看去，發現一位少年正站在門口，他一手搭在門框上，另一手朝教室中的人愉快的來回擺動。

莫忘愣住，「……陸學長？」左右看了看，手指向自己，「你找我？」

「嗯嗯。」陸明睿連連點頭，笑咪咪的衝她招手，「可以跟我出來一下嗎？」

「……哦。」

莫忘點了點頭，正準備出去，手腕突然被握住，她低下頭，發現是被自家小竹馬扯住。

她稍微感動了一下——真的只有一點點！——不過還是抓住他的手輕輕扒開，說：「沒事的，去門口而已啊，馬上就回來，稍微等我一下。」

「……嗯。」石詠哲有點尷尬的縮回手，他剛才純碎是無意識的舉動，等發覺時已經做出來了，而且……他們之間的對話是怎麼回事？總覺得哪裡弄反了……錯覺嗎？

緊接著，莫忘走出去了，而被留下的他則陷入了慘烈的狀態中。
「哎嘿嘿～」蘇圖圖摸下巴，對著石詠哲意味深長的笑，「小樓，他剛才做了什麼？」
「摸了小忘的手。」
「喂！」石詠哲吐血，一個正常的舉動為什麼會被說得這麼猥瑣啊！
林樓歪頭，滿臉疑惑的問：「不是嗎？」
「……」
賽恩跳出：「啊哈哈哈～小小姐的手，我也好想摸！」
「……」
「阿哲～～～～」唯恐天下不亂的男生們組隊撲上，「你剛才是不是做了什麼不和諧的事情？好羨慕……」
「怎麼？你也想學阿哲摸一個？」
「……莫大姐的手？還是算了吧，我還想多活幾年。」
「……」

★◎★◎★◎★◎

獨身「脫逃」的莫忘完全不知道此刻教室中的混亂狀況，更不知道自家小竹馬正陷入水深火熱當中，她只是靜靜的跟在陸明睿的身後，心中有很多疑惑。

——學長找我究竟是要做什麼呢？

傍晚時分的日光灑落在少年挑染過的黃色髮絲上，行走間，那顏色明暗不定，像極了月光下有魚兒游動的深潭，一時之間吸引了莫忘的視線，但沒多久她就發現這樣盯著別人的頭髮看似乎有些不禮貌，連忙錯開了目光。她的視線劃過他後腦杓的小辮子，一路往下，落到了少年的背上。

因為已然入秋的緣故，陸明睿和石詠哲一樣，沒有再把白襯衫的袖子捋起來，不過上身還是只穿了襯衫，纖細而有力的腰間則依舊繫著那件藍白黃三色的休閒外套。走動時，衣襬微微擺動，僅從後面看有點像裙子……

男生穿裙子？莫忘不自覺的勾了勾嘴角。

恰在此時，陸明睿回過頭來，她連忙抿平嘴唇。

「學妹——」陸明睿歪頭，「妳是在笑我嗎？」

「……沒、沒有。」啊！魔力值！隨著撒謊，她的魔力值……又飛走了……淚啊！

莫忘由骨子裡透出的沮喪表情瞬間逗樂了陸明睿，他轉身朝她走了兩步，莫忘同樣後退了兩步。

「嗯？」陸明睿再次前進。

「……」莫忘再次後退。

「學妹。」陸明睿一手撐在牆上，低頭注視著退無可退的女孩，「妳很害怕我嗎？」

「……不。」莫忘搖了搖頭，「我不怕你。」魔力值沒有被扣，所以這是實話。

「那妳跑什麼？」低頭。

莫忘抽搐了下嘴角，忍無可忍的伸出手推開對方的臉，「學長，你不覺得自己湊得太近了嗎？」他們壓根不算熟悉吧，這麼近的距離她很不習慣啊喂！

「真過分。」陸明睿垮下肩頭，狀似憂傷的嘆了口氣，「明明子瑜就可以。」

「……」心中萬分囧然的莫忘沒有意識到，對方的話語中已然透露了些許訊息，她只是很無語的回答道：「穆學長不一樣！」

「哪裡不一樣？」陸明睿用那隻沒有扶牆的手摸了摸下巴，「就帥氣程度而言，我覺得自己不比他差啊。」

莫忘無語了，「……重點不在這裡啊！」

「那在哪裡？」

莫忘望天，為什麼她非要和這個人說這種事？她鼓了鼓臉，問道：「學長，你叫我出來就是為了看你和穆學長誰比較帥氣嗎？」

「當然……」

「……」喂！

「不是。」

「……」說話能中間不停頓嗎！

「事情是這樣的。」陸明睿的手指晃了晃，眨了眨眼睛，「昨晚我拍了許多照片，其中有一些很有趣，想問學妹妳要不要。不過看妳似乎是沒有興……」

「我要！」莫忘的眼睛瞬間亮了起來。

事實上，她昨晚回去後檢查了手機，發現即使開啟了夜間模式，拍攝出來的照片也不是非常清楚，真的是非常可惜，那麼珍貴的記憶啊……難道只能在腦子裡回顧了嗎？沒想到居然有意外之喜。

「真的想要嗎？」

莫忘用力點頭，「嗯！」

「可我不能白給妳呀。」

「多少錢？」立刻掏口袋，「我給……」莫忘掏到一半，淚流滿面，她……她因為老掉錢的特質，隨身帶的錢頂多一枚硬幣，想也知道是不夠的。

「……」還真是好騙，這樣的女孩真的是……但是，耳聽為虛，眼見也可能為虛，如果同時看到又聽到呢？怎麼可能是假的。陸明睿笑彎了雙眼，搖了搖頭，「不，我不要錢。」

「那你要什麼？」莫忘問道。

「唔，這個嘛……」再次摸下巴，他仔細想啊想，「等我想好再說吧。」

「……哈？」這傢伙是在搞啥呢？

「好了！」陸明睿伸出手，在身後摸呀摸，最終將一個紙袋遞到了莫忘的面前，「妳想要的照片。」

莫忘卻沒有接。

「不想要嗎？」他搖晃著紙袋。

「想要。」

「那麼為什麼不接？」

「因為我覺得學長你好像在糊弄我。」莫忘微微躬下身，逃脫了對方的手臂，站到一旁接著說：「如果你不明確的說出自己到底想要什麼，我是不會拿照片的。」她又不是傻瓜，這種蠢事才不做呢。

「唔，警覺性很高嘛！」陸明睿笑了起來，「那麼，和我交換一個秘密如何？」

「交換秘密？」

「嗯。」陸明睿點頭，「妳可以向我提出一個問題，只要我知道，就一定會給予回答；反之亦然。」他緊接著說：「當然，如果不想回答的話可以拒絕，然後讓對方換問題，直到可以回答為止。如何？」

莫忘想了想，「聽起來好像很寬鬆。」

「是的，只是個普通的小遊戲。」

「可是，這樣做有什麼意義嗎？」大費周章什麼的，好像壓根沒什麼用處吧？

陸明睿轉了個圈，與莫忘肩並肩靠在了牆壁上，側頭說：「不覺得這樣做很有趣嗎？」

「有趣？」莫忘確定她和這傢伙真的做不成朋友，因為笑點差距太大。

「而且，妳如果對我不感興趣的話，可以問我與他人有關的事情啊，比如……子瑜。」

「……」這算是賣隊友的節奏嗎？

「女士優先，妳可以先問哦。」陸明睿一邊說著，一邊抓起莫忘的手，把紙袋塞給她，大方的說道：「拿去吧。」

莫忘低頭看了看手中的紙袋，又抬起頭問：「學長你不怕我說話不算話嗎？」

「妳會嗎？」

「……」她還真不能，會被扣魔力值的。QAQ

「那麼，學妹，妳有什麼想問的秘密嗎？」

「呃，你突然這麼說我也……」

「明白了，那麼下次再告訴我吧！」陸明睿說完，跳了一下站直身體，朝莫忘擺了擺手道別，「再見囉！」

「嗯，再見。」

直到最後，莫忘也沒弄明白對方到底是來幹啥的，專門送照片？還是做那個莫名其妙的交易？但是按照條件來說，對她似乎也沒什麼不利，因為不想說的完全可以不說，不是嗎？

她打開手中的紙袋，從裡頭拿出一堆照片。袋底還有一個隨身碟。

最上面的一張照片，是她和艾斯特跳舞的場景。

女孩雙手小心翼翼的抓住青年的大手，表情看起來有些緊張。

到下面一張時，艾斯特已經帶著她轉起了圈圈，為了保持平衡，他用一隻手臂攔腰將她抱住，另一隻手與她的手相合，看起來和其他人的姿勢沒啥區別，唯一的不同大概就是腳的站位了。

「我笑得有這麼誇張嗎？」莫忘有些尷尬的撓了撓臉頰，「嘴巴也張太大了吧。」

再下面一張拍攝的是石詠哲。戴著兔耳的他滿臉不情願的被人群圍著跳兔子舞，看起來跟被野狼圍困的小白兔似的，隨時做好了逃跑的準備。

再下面……

再再下面……

大致全部看完後，莫忘不得不承認，陸學長和她拍照的關注點真的非常相似，這些照片還真的都是她想要的。恰在此時，她翻到了最後一張——

圖片中，女孩正蹲在板凳後面，拿著手機對著其他人一頓猛拍，姿勢看起來非常有狗仔記者的風範。

莫忘：「……」

她突然想起了一句詩——你站在橋上看風景，看風景的人在樓上看你。

這種情況下也許可以修改成——妳躲在板凳後面拍照片，拍照片的人也躲在板凳後面偷拍妳。

突如其來的坑爹感……

「艾斯特。」

「陛下？」有著銀色短髮的青年不過剎那，就詭異的出現在女孩身邊。

「……」他還真的在啊！一天二十四小時緊迫盯人，已經超過跟蹤狂的範疇了吧？不過好在她已經習慣了。

「我明白了。」

莫忘把裝著照片和隨身碟的紙袋遞過去，「能麻煩你幫我多洗幾份嗎？」

「哦，對了！」她覺得其他人也一定非常想要，便伸出手，指著其中的兔子石詠哲，「這張照片幫我放大吧，再弄個相框，我要掛臥室裡！」

「……是。」艾斯特微抽了下嘴角，彷彿已經看到了那位勇者大人抓狂的情景。

「你有什麼特別喜歡的嗎？一起加洗唄。」莫忘就著艾斯特的手翻了幾張，說道：「比如這個。」照片上，艾斯特正攬著格瑞斯一起跳舞，雖然後者明顯滿臉的不情願。再翻，「或者這個？」這張是艾斯特、格瑞斯和賽恩三人，主要是後者抱住前者兩人，不知在跳什麼奇怪的舞。繼續翻，「這個好像也不錯。」一隻白貓非常沒節操的抱住艾斯特的褲腿來回蹭著，似乎在跳舞，又似乎在做什麼猥瑣的事情。

艾斯特：「……陛下，不用了。」

「真的不用嗎？」

「是的。」

「真的真的不用嗎？」

「……」艾斯特明顯猶豫了一下。

「啊？果然是有什麼想要的？」

「如果可以的話……」艾斯特從其中抽出一張照片，「這張……」

「我看看。」莫忘拿過照片，發現照片上居然是只穿著襪子站在地上的自己，那應該是與艾斯特時跳舞時被打擾後，她笑嘻嘻的提著裙子連連跳著後退，「你想要這個？」

「嗯。」艾斯特冰藍色的眼眸中滿含著期盼，他用這樣的眼神注視著莫忘，「可以嗎？陛下。」

「倒是沒多大問題。」被那樣的眼神看著，根本沒辦法拒絕吧？如此想著的莫忘輕咳了一聲，本來不是什麼多大的事，怎麼被他這麼一弄就稍微有點奇怪呢？緊接著，她好奇的問道：「你不會是也打算放大吧？」依照他平時的作風，真的相當有可能啊！怎麼辦……她已經開始反悔了……

「不。」出乎莫忘的意料，艾斯特居然搖了搖頭，而後從懷中掏出了一個小巧的金色物品，「我想縮小後嵌入這裡。」

「懷錶？」莫忘略感新奇的看著那個金色的懷錶，雖然知道它是什麼，但兩人像現在這樣近距離接觸還是第一次，「可以……給我看看嗎？當然，不可以也沒關係，是很重要的東西吧？」

艾斯特將懷錶遞到莫忘面前，「陛下，請無須客氣，我的一切都是屬於您的。」

「……」都說了，不要隨時隨地說出這種肉麻兮兮的話啊！雖然他是認真的。有些無語的莫忘伸出雙手，小心翼翼的捧住懷錶，發現它比想像中的要沉，「真的是金子做的？」

「是的。」

「……」她突然壓力好大。將懷錶打開後，她發現蓋子上果然鑲嵌著一張照片……不，準確來說是一張手繪的圖，上面好像畫著一個頭戴王冠、手拄著劍的青年，「這是你畫的？」

「是屬下四歲時的作品。」

「……真厲害啊。」四歲就畫成這樣？她突然覺得自己的人生虛度了，「畫的是誰？」

「……」

「啊，抱歉，不方便說的話……」

艾斯特沉默了一下，回答說：「小時候的我想像中的魔王陛下。」

「哈？」莫忘驚訝的看了看圖上不管從哪個角度觀察都無比帥氣的青年，手指著自己，嘆了口氣，「那真是對不起，讓你失望了。」她這輩子都不可能會變成那樣吧？首先性別問題就解決不了。

「不。」艾斯特搖了搖頭，單膝跪下身來，握住莫忘抓著懷錶的那隻手說：「這是我的榮幸。」如果魔王陛下真的像想像中的那樣英武強大或許的確不錯，但……那就不會像現在這樣依賴他吧？相較而言，雖然這想法明顯僭越了，不過他果然還是……

「陛下，您像現在這樣就很好。」

下一秒，莫忘笑了起來。

她笑得很是愉悅，而後伸出小小的手拍了拍艾斯特的肩頭，「那麼，我同意了！」她歪了歪頭，「啊！作為交換——」她拿出手機對準艾斯特，用一根手指支起他的嘴角，「來，笑一個！」

「……」

「好。」拍完後，莫忘低頭設定著手機，「也讓我隨身攜帶你的照片吧！」

「陛下……」

「這樣我每次看時間的時候，就會看到你了！」她一邊說著、一邊晃了晃手機，其上的待機畫面赫然是剛才拍攝的照片。

★◎★◎★◎★◎

考試結果很快就出來了，別看考完後慘嚎的人多，最終真正考得較差的不過寥寥數人。當然，頗為「實在」的蘇圖圖正是其中之一，據她的說法，在舞會開始的前一、兩週，她就興沖沖的投入了服裝設計中，所以……悲劇了！

也因此，她很悲劇的成為了班級的負面例子，義不容辭承擔了一整週的垃圾清掃工作，同學們都很感激她。

蘇圖圖：「我寧願不要這種感激！」QAQ

林樓：「節哀……」

蘇圖圖淚流滿面：「小樓！」有這麼說話的嗎喂！

莫忘嘆了口氣，「所以之後不能再偷懶了。」

唸書這種事情最看積累，有時候只是一個小重點沒聽到，就可能會導致之後一連串的東西弄不懂，問題越滾越大，最後某個學科就整個悲劇掉了……

「嗯……嗚嗚嗚……」蘇圖圖繼續淚流滿面。

「我也幫妳一起掃吧。」

「小忘……」蘇圖圖一把抱住莫忘，拚命揉動，「嚶嚶嚶嚶，還是妳對我好……」

石詠哲咬牙：「……」摸哪裡呢！快點放開！

無論如何，引得校園中到處雞飛狗跳的萬聖節舞會總算就此畫上了句點，學生們的生活也重新步入了正軌，過上了「三點一線」的正常生活。

★◎★◎★◎★◎

不過一眨眼的工夫，幾週就過去了。

氣候一天比一天涼，秋雨也隨之飄灑而下。

男生們的籃球賽場地換成了室內，在比了幾場之後，眼看就要舉行決賽，莫忘所在的班級有幸成為其中之一，大概因為這場比賽較為重要的緣故，時間被定在了這週六。

「小忘會來看嗎？」蘇圖圖歪頭問莫忘，眼神卻斜瞥著後座的少年。

「我？」莫忘愣了一下，隨即很果斷的回答：「當然啊！」班級活動怎麼可以缺席嘛，而且……她回頭，正好看到某人猛地扭過臉，便有些促狹的說：「張姨說了，你要是輸了就得吃半個月的鹹菜泡飯，我要替她好好監督你！」

石詠哲：「……」那絕對不是他親媽！

「學妹、學妹。」有敲打窗戶的聲音傳來。

莫忘轉回身體，也笑著敲打了下窗戶。不知從什麼時候起，陸學長開始和穆學長一起路過他們班的窗外，與後者不同，前者很愛以這種打招呼的方式刷存在感。

「早啊！」雖然馬上就要上課了，陸明睿卻不急著走，反而如平時般停下來閒扯幾句。

「學長們也早。」

「喂，跟你打招呼呢。」陸明睿伸出手肘戳了下好友。

原本看向不遠處的穆子瑜終於捨得轉過臉，對女孩微笑著點了點頭，對方回以他一個更加燦爛的笑容。穆子瑜愣了愣，很快沉默著挪開了視線。

莫忘：「……」

她其實一直在想，自己是不是一不小心惹學長生氣了。之前穆學長經過時總會對她微笑的，雖然那時候自己不太好意思回應，但真的是非常開心的，可是現在，她好不容易笑得越來越好，他卻變得有點奇怪了。尤其在陸學長的襯托下，更顯得他的態度有些冷淡。難道還在生之前舞會時候的氣？不會吧，學長可是好人，應該不會這麼小氣才對。

——果然，應該找個機會問問？

「天氣真是一天天冷了啊！」陸明睿很誇張的哆嗦了下。

莫忘則冒出了一頭黑線，「誰讓學長你到現在都只穿著襯衫啊。」

「啊哈哈哈！不覺得穿很多衣服會很累贅嗎？」

「……」那他冬天打算怎麼過啊喂！

「對了，今天好像會下雨，帶傘了嗎？」

「嗯，帶了！」莫忘點了點頭，有艾斯特在，永遠不用擔心這些問題。

「怎麼辦？我沒帶啊！」

「……」這讓她該怎麼回答才好？

「不過子瑜好像帶了，回去的時候帶我一程吧。」陸明睿歪頭衝好友笑。

穆子瑜卻回答說：「時間要到了。」

「真沒辦法啊，時間為什麼總過得那麼快呢？」陸明睿狀似不滿的嘆了口氣，隨即朝莫忘揮了揮爪子，「那麼，學妹再見。」

莫忘也笑著擺手：「再見。」

幾週的時間已足以讓她習慣這件事，現在的她已經不像最初那樣隱約戒備陸學長了，大概是因為熟悉了的緣故吧。唯一讓她有些在意的是，兩人的「交易」到現在都還沒有完成，因為莫忘始終不知道到底該向他詢問啥秘密，而對方似乎也並不著急。久而久之，兩人似乎都忘記了這件事。

但今天莫忘又突然想起——嗯，要不要問一問陸學長，穆學長到底因為什麼事而生氣呢？弄清楚原因才好道歉吧……

今天的第一節課，依舊是公民老師的課。

「同學們，聽說你們這週六要打籃球決賽？」公民老師笑咪咪的說。

此言一出，所有的學生們都驚呆了：這大叔又想做什麼？！

「別那麼緊張嘛，我只是隨便問問。」

學生們：「……」誰信！

公民老師的笑容更加和藹了，「那麼，提前預祝大家比賽勝利！」

學生們：「……」這傢伙真的轉性了？不科學！

「只是……」

學生們集體淚流滿面：看吧！果然吧！果然有神轉折吧！

「據可靠消息，這週三到週五似乎要期中考。」

「……」

集體沉默了幾秒後，班上的學生們再次集體爆出了慘烈的哀號：「哎？？？」

「所以，比賽雖然重要，同學們也不能太放鬆了。」公民老師非常愉悅的補刀，「畢竟你們的高中生涯只有六次期中考。」

潛臺詞所有人都明白——如果沒考好，呵呵呵呵呵呵呵……想死一死嗎？

「還只有三次籃球賽呢！」終於有人忍不住吐槽。

其他同學：「……」這傢伙好狗膽！

公民老師的眼鏡閃過一絲寒光，笑咪咪的開口：「張社，站起來。」

「……」張社淚流滿面，「老師我錯了。」

「你怎麼會錯呢？你說得很對。」老師大人狀似贊同的點了點頭，「的確，籃球賽很重要，所以……來講臺上吧。」

「……」可憐的張社吐血，這兩件事有什麼相關性啊喂！

其他同學默默的為他掬一把同情淚：長舌……你走好……

「啊，為了防止他孤單，我再找三個同學來陪他好了。」

學生們：「……」老師，別鬧！

「對，就是你，剛才笑得最開心的那個；還有你，偷偷叫好的；嗯，那個昨天在歷史課上偷畫我畫像的，來來來，別和我客氣。」

「……」

於是，一天的課程就從公民老師的「打擊報復」開始了。

午休時，天空果然下起了雨。

雖然不大，卻多多少少帶給了人一種陰冷的感覺，而越是這種天氣，人們則越愛吃飯和睡覺，大概是因為可以從中得到溫暖吧。

「吃飯了！！！」有男生情不自禁的狼嚎出聲。

「我不去了……妳們去吧……」蘇圖圖有氣無力的趴在桌上。

「不餓嗎？」

蘇圖圖奄奄一息：「餓……」

「……那為什麼不去？」

「啊啊啊啊！又要考試我受不了！」滾來滾去。

莫忘扶額，「妳這是什麼毛病。」

林樓非常犀利的說：「考前焦慮症。」

莫忘：「這病也太奇怪了吧？」

「妳們這些好學生當然無法理解我的痛苦！哼，絕交！我們的友情已經走到了盡頭！」

「已經走了很多次盡頭了吧？」莫忘對此表示很無語，她伸出手拍了拍蘇圖圖的肩頭，提議道：「不然……我們一起複習？」

「真的？」蘇圖圖坐了起來，星星眼看向莫忘。

「嗯。」

「那晚上可以住我家嗎？小樓也一起！」

「哎？住妳家？」莫忘愣住。

蘇圖圖猛點頭，「是啊，不然根本沒多少時間能一起複習吧？」

莫忘想了想，的確是這樣，這幾天又不是週末，她們白天幾乎都在學校待著，也就下午放學後有空餘時間一起複習，回家的確不如住在她家方便。如此想著的莫忘轉頭看向林樓，問她：「小樓，妳說呢？」

「我可以。」

「那我也一起吧。」

對於學生們來說，去朋友的家住宿是一件新奇而有趣的事情，陌生的房屋、陌生的家庭、陌生的環境以及熟悉的朋友，就好像一場微型的探險活動一樣，總能帶給人許許多多的樂趣。而這同時也是考驗關係親密與否的一道重要關卡，尤其是女生，如果不是非常喜歡的人，她們是絕對無法接受對方與自己同屋共處甚至同床共枕的。

「太好了！」蘇圖圖舉起雙手歡呼，「我可以好好量一下妳們的尺寸，然後做週末的決勝啦啦隊服！」

悲劇的被忽視的石詠哲：「……」突然覺得好危險、好替她擔心怎麼辦？

莫忘：「……」說好的複習呢喂！她這是被坑了？還是被坑了？還是被坑了？！

林樓默默亮出「刀」，說道：「這次我不會幫妳掃地的。」

莫忘默默舉手，「贊同。」

「哎？怎麼這樣？！」蘇圖圖哀號。

「就是要這樣。」X2

第五章

魔王也想好好睡覺

當天晚上，回家收拾好東西的莫忘和林樓就來到了蘇圖圖家，考慮到隔天上學的距離問題，在向家長報備過後，她們乾脆住在了學校附近的那家店鋪中，反正幫忙的章阿姨晚上也住那裡，有一個大人照應，家裡人也覺得較為安心。

當然，莫忘本人也不是吃素的，她現在已經加持了初級的全部三屬性，開始朝中級屬性進軍了。再加上……咳咳咳，她深切懷疑家裡那三隻正躲在附近什麼地方……所以完全不用擔心好嗎！

可是幾人都沒想到，夜間居然會有一個出乎意料的人來訪。

當時，三個女孩已經全部洗完了澡，各自換上了睡衣，非常自覺的在圓形小茶几邊盤腿排排坐，身下墊著的軟乎乎的地毯暖和異常，大約是為了防止著涼的緣故，蘇圖圖這傢伙不知從哪裡找出了三件毛呢小斗篷，大家一人一件披好，遠遠看去簡直像是小紅帽、小黃帽和小藍帽。

認真做事時，時間總是過得很快的。

時間已來到晚上八點，就在此時，幾人突然聽到了樓下鐵閘門打開的聲音，再過不久，是上樓的腳步聲。

莫忘疑惑的問：「這種時候還有人來嗎？」

蘇圖圖也驚呆了，「不可能啊！難道是小偷？」

「小偷不會有鑰匙吧？」看起來有些呆的林樓其實最為理性。

想了想，蘇圖圖站起身，「我出去看看。」一邊說著，她一邊從櫃子裡拿出一根警棍，然後打開門走了出去。

莫忘：「……」正常人會把那種東西收進櫃子裡嗎？她也緊接著站起身，走到櫃子邊拿起了另外兩根警棍，一根遞給林樓，一根自己握著，「我也出去看看，小樓妳待在這裡，有危險就關上門、打電話報警。」

「好。」林樓點了點頭，因為信任，沒有多說一句話。

同樣信任小夥伴的莫忘點了點頭，捏緊手中的警棍，沒有發出一絲聲響的打開門，悄悄走了出去。她才走到樓梯附近，就聽到蘇圖圖似乎在和什麼人說話，還稱呼對方為──「表哥」？

莫忘鬆了口氣，原來是親戚啊，那真是太好了，雖然不害怕遇到危險，但這不代表她就真的想遇到危險啊！

不過，來人的身體似乎不是很好，說話間不停的咳嗽。

才一疑惑的工夫，那兩人就走上了樓，正好看到手握著警棍的莫忘。

莫忘：「……」連忙把武器收到身後。

蘇圖圖：「……」不愧是她的小夥伴！

「圖圖？」

來人約二十歲左右的年紀，身材頎長，鼻梁上架著眼鏡，面容略帶些病態的蒼白，雖然算不上非常帥氣，氣質卻看起來儒雅異常，如果他不是穿著一身銀灰色的休閒風衣而是穿著一身長袍，莫忘幾乎以為他是從哪裡穿越來的書生。

此刻，他疑惑的看了眼莫忘，又看向自己的表妹，似乎在等待她說明。

「啊，我介紹一下。」蘇圖圖連忙說道，「表哥，這是我的同學莫忘；小忘，這是我的表哥林朝鈞。」

「……昭君？」正常男生會取這種名字嗎……

「咳，不是那個『昭君』。」來人對女孩溫和的笑了笑，說道：「是朝暮的『朝』，千鈞一髮的『鈞』。」說話間，他咳嗽連連。

「他好像是跟我大哥拿了鑰匙，說要來借住一段時間。」蘇圖圖一邊說著，一邊小心翼翼的看向自己的小夥伴，「小忘，妳……」

林朝鈞點了點頭，然後問道：「是不是給妳們添麻煩了？咳……如果不方便的話，咳……我可以去住旅館的。」

「不，沒關係的。」莫忘連連擺手，「我無所謂的！」怎麼看對方也不像什麼壞人，而且真打起來……肯定也不是她的對手啊！更何況艾斯特他們還在呢。

蘇圖圖鬆了口氣，「小忘，謝謝妳。」

「客氣什麼呀。」

「啊，我去和小樓說一下！」蘇圖圖一邊喊著，一邊啪嗒啪嗒踩著拖鞋跑遠。

「妳跑慢點！」莫忘衝著她的背影喊道。

「知道了！」

「真是……」莫忘無奈的嘆了口氣。直到此時她才發現，她那坑爹的小夥伴是跑了，但似乎把她一個人和「表哥」留一起了。

氣氛一時之間有些尷尬。

就在此時，林朝鈞再次咳嗽了起來：「咳咳咳……咳咳咳……」

「你、你沒事吧？」莫忘小心的問道，「需要我倒杯水給你嗎？」

「不……老毛病了……咳咳咳……妳和圖圖看起來關係很好。」大概是因為咳嗽過於劇烈的緣故，林朝鈞的臉上浮起幾絲病態的紅暈。

「……嗯。」

「咳咳咳……」

「我還是去倒水給你吧。」總這樣聽著人家咳嗽也不行啊。

「咳……謝謝。」

「不客氣。」莫忘一邊說著，一邊轉身朝小廚房走去。

可就在這時，她聽到身後傳來這樣一聲──

「妳就要死了。」

莫忘因為這沒頭沒尾的話而訝異的回過頭，卻也因此正對上青年的目光，這一瞬間，她怔住了。

不知道是不是她的錯覺，對方的眼眸此刻看起來似乎格外的黑，也格外的深邃，好像兩窪深不見底的暗夜潭水，將一切光線都吸了進去，卻泛不起半絲波瀾；而剛才能帶給人平和溫雅感覺的視線，現在再看，反倒有幾分可怖。她彷彿不是被一個人看著，而是被一條漆黑的巨蛇盯著，渾身的寒毛都爭先恐後豎了起來。

莫忘下意識後退了幾步，腳步有些踉蹌，並且微微捏緊拳頭。

就在此時──

「咳咳咳……」青年突然咳出一口血，而後一手捂住嘴，就那麼跪倒在地上，再次連聲咳嗽了起來。

莫忘：「……」喂喂，不是這樣吧？這反差大到已經完全超過了「萌」的標準，直逼「可怕」了好嗎？

咳嗽間，殷紅的鮮血順著青年的指縫流出，他的身體曲起，整個人幾乎蜷縮成了一團，看起來痛苦極了。

「你、你沒事吧？」莫忘小聲問道，隨即就想拍自己一下：都這樣了，怎麼可能沒事？妳到底是有多蠢！

可對方居然抬頭看了她一眼，似乎是想說些什麼，但馬上就被劇烈的咳嗽掩蓋了。

莫忘愣住，心想：這人的目光……又恢復成了剛見面時的模樣……不，現在似乎不是想這些的時候！

她連忙跑過去，跪下身扶起地上的青年，輕撫著背脊幫他順氣，這樣做似乎真的有些效果，漸漸的，對方的呼吸平定了不少，咳嗽聲也漸小。

莫忘鬆了口氣：「我打電話給醫院。」

「不，不用了。」林朝鈞卻搖了搖頭，有著病態紅暈的蒼白臉色浮起一絲笑容，「老毛病了，並不是什麼大事。」

「可是……」都吐血了！還不是大事嗎？

「我躺著休息一會兒就好了。」

莫忘拗不過他，只能說：「……那我扶你進去！」

這一次，林朝鈞沒有拒絕。

於是，莫忘攙扶著林朝鈞站起身，最初是把他的手扛在肩頭的，可走了幾步後她發現這樣又費力又費時間，便索性一個翻手，直接把人公主抱了起來。

「哪個是你的房間？」

「……」即使在咳嗽，林朝鈞依舊露出了微窘的表情，但很快就調整了過來，指著一間房說：「那間。」

莫忘看了一下，發現是蘇圖圖房間的隔壁。

房間收拾得挺整潔，床單和被套也都非常乾淨，家具之類的是標準的客房配置。

莫忘快步走到床邊，將手中的人輕輕放到了床上，而後輕聲說：「我去幫你倒點水來。」

送佛送到西，幫人幫到底。

而已經被「抱」過一次的青年顯然也拋棄了最初的客氣，微笑著點了點頭，很誠懇的道謝說：「謝謝。」

「不客氣。」莫忘說著就想走出去，卻看到對方有些欲言又止的表情，疑惑的問：「還有什麼想要的嗎？」

「不……」林朝鈞頓了頓之後，輕聲懇求道：「剛才的事，妳能別對圖圖說嗎？她知道了，其他人也就都知道了，我……」話音再次頓住。

「我知道了。」莫忘立刻點頭，因為她明白，接下來是他難以出口的內容，也是自己不應該探究的內容。

她也曾經面臨死亡的威脅，那真的非常、非常痛苦。但是，最讓她痛苦的其實不僅是未知的「死」，還有「死」後會有人為她哭泣。只要稍微想像一下他們握著她冰涼的手泣不成聲的樣子，就讓人從骨子裡覺察到寒冷，不寒而慄，情不自禁的打顫，那種事情……

如果真的要死，那還不如乾脆讓所有人都忘記她，這樣誰都不會傷心了。

所以，她非常能體諒青年此刻的心情。

走出房間後，莫忘原本是想去隔壁小廚房端水的，但立刻又頓住了腳步，因為這樣做必然瞞不過圖圖，那麼……她又想起樓下的客廳中似乎也有水，於是轉而朝樓下跑去。

★◎★◎★◎★◎

此時，隔壁房間的蘇圖圖還在向林樓解釋，順帶話撈的介紹了下林朝鈞此人。

同樣是此時，林朝鈞躺在潔白的床單上，不知從哪裡拿出了一張濕紙巾，仔仔細細的擦拭著指間的血跡，他不想把潔白的床單弄髒。之所以這麼熟練，實在是因為他已經習慣了這樣的事情。

動作間，他不由得又想起那個名叫「莫忘」的女孩。

像她和圖圖這個年紀的女孩，其實並不適合用「美麗」或者「漂亮」之類的詞語來形容，而人們也總是習慣性的說「文靜」、「可愛」、「乖巧」，這些形容詞放在她的身上都很合適，或許還要再加上一條，看起來很乾淨——這一點看眼睛就知道，兩顆黑水晶似的，清澈見底，沒有多餘的雜質。

她穿著居家氣息的粉色睡衣，上面有著一個又一個的小熊圖案，腳踩著毛茸茸的大拖鞋，露出的天藍色襪子上有著大朵大朵的白雲，這是個備受寵愛、在溫暖中長大的女孩，也只有這樣長大的孩子，周身才會散發出那樣的柔和氣息。只不過，不知她經歷過什麼，稍微有些敏感，即使心中不明白卻也下意識的懂得進退，這份小心翼翼很難讓人排斥或討厭，反而更容易引起他人的憐愛。

她的表情也很真摯，喜怒溢於言表，擔心就是擔心、害怕就是害怕、喜歡就是喜歡、討厭就是討厭——一切的一切都順從心意在那張巴掌大的小巧臉孔上顯露了出來。皮膚很白皙，所以臉頰泛起紅暈時更會格外明顯，披散而下的烏髮也更顯漆黑。而那身天藍色的斗篷……應該是圖圖的手筆吧？

想起那個同樣在家中備受寵愛的小表妹，林朝鈞不由得微微笑了，乖巧可愛、活潑懂事的孩子在哪裡都是受歡迎的，更何況自己幾乎是看著她長大的，只是從未聽說過她會帶朋友回家，現在見到小表妹交到了這樣的朋友，他也很為她高興。

——應該是在一起唸書吧？

他記得女孩額頭的瀏海用一個粉色的筆套固定起來了，上面是海星的圖案。這個年紀的女學生，似乎格外喜歡一些看起來有點幼稚卻實在可愛的東西，年齡再大一點，筆能寫就夠了，誰又會在乎它究竟長得怎麼樣呢？

可是，就是這樣的女孩……

為什麼……

「妳就要死了。」

他並不是出自本意說出這樣充滿惡意的話語。就像之前的那無數次一樣。

從小時候起，他就會時而不受控制的說出這樣的話。

「媽媽，那個爺爺就要死了。」

「這棵樹會被劈倒。」

「明天老師會來不了學校。」

他不知道自己說這些話時究竟會露出怎樣的表情，但事後從其他人驚恐的面容就可以得出結論，那絕對不是什麼會讓人心生好感的樣子。

而每次，他所得到的回答都是——

「別胡說！」

「閉嘴！」

「給我出去站著！」

這種情況是很正常的，因為從他口中說出的話，沒有一句是好消息。

被人討厭，也是正常的。

但可怕的是，這些話，每一次都實現了。

周圍人的目光漸漸變得驚懼交加，他更是不知何時得到了一個名為「烏鴉嘴」的外號，沒有人願意靠近他，甚至開始排斥他們的家庭。父母為此帶著他一再的搬家，也帶他去看過心理醫生，但最終都沒有將他「治好」。到最後，母親整個人崩潰了，像瘋了似的想要殺死他再自殺。

雖然母親最終被父親攔住了，但他們這個家庭也不可能再維持下去了。父親帶母親去外地靜養，而他則輾轉寄養在親戚家中。

最痛苦的時候，他也想過死了算了，這樣的人生根本沒有意義。但是某一天，奇蹟發生了——他開始咳嗽，非常劇烈的咳嗽，有時候甚至會咳出血。這對身體來說當然不是好事，但是從此之後，他說出「那種話」的機率漸漸變小了，從幾乎每天都說，漸漸變成了一週一次、一月一次……到最後，好像真的不說了。

雖然身體變差了，但人生卻像是丟棄了什麼包袱，完完全全的輕鬆了。

再後來，他來到了圖圖的家，這家人很溫柔也很熱心，看到當時面黃肌瘦的他，做的第一件事就是帶他去醫院檢查身體，可惜醫生也查不出究竟是什麼情況，只說除了靜養外沒其他方法。他當時以為自己又要被「轉手」了，誰知道他們居然把家裡最好的房間讓給了他，還天天煲湯給他調養身體。

在他們的精心調養下，身體一天天變得好了，性格也隨之開朗，也有了要好的朋友，考上了大學，似乎新的人生將隨之展開。

但他卻始終知道，自己和其他人是不一樣的。

雖然那種能力像是暫時被「封印」住了，但他敏銳的察覺到，它並沒有消失，只是蟄伏在身體的深處，等待著什麼時候枯木逢春，東山再起。

所以幾乎是一上大學，他就搬出了蘇圖圖的家，也沒有住學校的宿舍，只在附近租了間房——哪怕最終無可避免，他也要盡可能減少對其他人說出這種話的機會。

而那預感，在今天終於變成了現實。

他又說了那樣的話，還對著那樣的女孩——如同花朵般，生長在最美麗的年紀，尚未燦爛的綻放，難道就要這樣凋謝了嗎？

林朝鈞不是第一次希望「自己說出的話不要成真」，卻沒有哪次的念頭像現在這麼強烈。

大概是因為許久沒有說過這樣的話……

又或者是因為之前幾次預言人類的死亡，對方都是風燭殘年的老人……

雖然人的生命不分身分貴賤、年齡大小，都同樣是寶貴的，但這畢竟還是個孩子啊！看起來乖巧又乾淨的女孩，正處於最好的年紀，還是圖圖的好朋友，這樣的事情……

仰躺在床上的青年手扶住額頭，心存僥倖的想：真的很久沒有說過這樣的話了，也許它根本不準確也說不定。

就在此時，門邊傳來一聲輕響，手端著托盤的女孩腳步輕巧的走了進來。

「你還好嗎？」莫忘一步步走到床邊，將手中的托盤放到床邊的櫃子上，擔憂的問：「真的不需要打電話嗎？」

「真的不用。」林朝鈞說話間坐起了身。

莫忘適時的倒了一杯水遞給他，「你先漱口吧。」說著，又遞上另一個水杯。

「謝謝。」林朝鈞垂下眼眸。這還是個很細心、很會照顧人的孩子。

「不、不用客氣。」莫忘連連擺手。

看著對方漱完口再喝完水，咳嗽頻率的確恢復了最初見面時候的樣子，莫忘默默的鬆了口氣，同時也知道這個時候似乎不應該再打擾了，於是站起身，禮貌的道別。

才走了幾步後，突然聽到身後又傳出一聲話語，但這一次與之前似乎不同——

「剛才的話……」

「啊？」莫忘回過頭。

「妳別放在心上。」林朝鈞微微捏緊手中的水杯，大概是因為做了「虧心事」，有些不敢對上女孩那溫和的視線，「真的非常對不起。」

「不……」莫忘擺了擺手，「沒事啦，反正那種話我都習慣了。」之前身體沒好前，又不是沒聽過，現在再聽除了「懷念」外，根本感覺不到什麼啊，反正她都已經恢復了。

「習慣？」對方明顯的一愣。

莫忘連忙搖頭，「不，我是說，我並沒有放在心上啦。」

「……」

「那我先走了，你好好休息，再見。」

林朝鈞只能說：「……再見。」

——居然說習慣了這種話，是安慰他，還是……

回到房間後，莫忘淚流滿面的發現她家小夥伴正在展示「警棍棍法」，揮舞著警棍在房裡上竄下跳，一邊蹦跳還一邊拍胸脯說：「我絕對能保護妳們的！」然後就左腳絆右腳摔了個狗吃泥。

林樓：「……」

莫忘：「……」

——這丫頭真的沒問題嗎？！X2

莫忘嘆了口氣，走上前一把沒收了某人的警棍，搖頭道：「我覺得，妳要是再不看書，就要苦練掃地神功了。」

蘇圖圖：「……小忘妳怎麼也學會補刀了？住手！」TAT

林樓果斷點頭，「+1。」

蘇圖圖：「……妳們別這樣！」QAQ

「所以——」莫忘提起她的左耳朵，林樓非常配合的提起她的右耳朵，而後兩人異口同聲的說：「給我看書！」

「是……」TAT 麻麻，她的小夥伴為什麼都變成了母老虎？

大概是因為房間隔音效果不夠好的緣故，隔壁的林朝鈞很清晰的聽到了這聲清脆的喊叫，他微勾了勾嘴角，想起蘇爸蘇媽教育孩子時，也總喜歡像這樣大喊，不顯凶也不顯鬧騰，反而讓人覺得很溫暖、很可愛。

怪不得圖圖會和她們做朋友。

而這邊的女生們絲毫不知道自己被「偷聽」了，只是繼續開始了複習，直到晚十點才停下來，一起爬上了房中的大床，而後在蘇圖圖的「狡猾偷襲」下，打了一會兒枕頭戰，才精疲力盡的老實下來，先後進入了夢鄉。

然而，莫忘卻難得的失眠了。

三人是並排睡的，蘇圖圖心滿意足的睡在最中間，雙手大張，搭在兩個好友的身上，睡姿豪邁；林樓則躺在靠牆的最裡面，面朝小夥伴側身而睡；而莫忘……卻不斷翻身。

因為身邊還有人的緣故，她的動作很輕微、很小聲，卻不知為何，怎麼睡都不對勁。

聽著身旁女孩們均勻而平穩的呼吸聲，莫忘真的是又羨慕又糾結，自己到底是怎麼了？明明……不會認床的啊……

果然……還是因為有點擔心吧？

她發現自己不自覺的還在捕捉來自隔壁傳來的咳嗽聲，那聲音很小很小，如果不仔細去聽，壓根不可能發覺。對方似乎也失眠了，因為每隔不久就會傳來翻身的聲音，但至少……還活著。

沒有什麼比活著更重要，也沒有什麼比活著要更美好。

自從被迫親身去面對「死亡」這一殘酷的事實後，莫忘清楚的明白了這一點。

——啊……果然還是睡不著啊……

——騷擾騷擾別人好了！

如此想著的莫忘，悄悄的拿出枕頭下的手機，調整成靜音模式，而後開始發訊息。

【睡了嗎？】

想了想後，她發給了四個人。

某種意義上說，深夜發訊息也是一道考驗關係深淺的關卡，只有關係極好的朋友，才會心甘情願抗拒周公的召喚，三更半夜陪人失眠到天明。

不過片刻，一條條資訊爭先恐後的返還了回來。

【陛下，請問有何吩咐？】

莫忘扶額，大半夜的她能想做啥啊？不過她深切的明白，哪怕她說自己這個時候想吃豆漿油條，艾斯特估計都會立刻弄給她吃。

她想了想，回覆：【沒什麼吩咐啦，只是睡不著，想找人聊聊天。】

發出去後，她看著下一條訊息。

【笨蛋，這個時候還不睡，明天是想做熊貓嗎？】

莫忘滿臉黑線，石詠哲這傢伙就不能說點好話嗎？她氣鼓鼓的回覆：【你自己不是也沒睡嗎？！】有什麼資格說她啊喂！

下一條！

【沒有！陛下，無論您有什麼吩咐，我格瑞斯哪怕上天入地也一定為您達成。PS：陛下，我好像看到賽恩也在打字，不過我一定是第一個回覆的！因為我對您是最忠誠的！】

莫忘默默回覆了格瑞斯一行字：【如果你話少點的話，可能就是第一了。】

再下一條！

【陛下，我@您%，格＊……他@$＊#〈%！〉＊……】

莫忘看著這一堆亂碼，情不自禁的淚流滿面，非常內疚的回覆：【賽恩，你還是好好休息，明天繼續努力學習中文吧。】上次考試老師們寬大的放過了他，這次期中考如果再沒有一點進步……後果很嚴重啊喂！

才把這條訊息發完，訊息君們又開始逼著手機君震來晃去，以提醒自己的存在。

艾斯特：【陛下，不知道您想聊些什麼話題呢？】

莫忘：【……只是聊天而已，你不用這麼嚴肅啊！】

石詠哲：【我睡了啊笨蛋，不過是被妳吵醒了而已！】

莫忘：【那你繼續去睡吧，再見！】

格瑞斯：【陛下！！！請務必相信我對您的忠心！！！艾斯特那個可恥的傢伙絕對不可信啊！！！艾斯特！！！我要和你決鬥！！！】

莫忘：【我覺得你需要重學驚嘆號的用法，以及，最後的話你應該發給艾斯特才對！】
賽恩：【是，陛下，我會%力@的。】
莫忘：【好的，加油！】他應該是在說自己會努力吧？
緊接著，手機又是一陣震動。
艾斯特：【那麼，陛下，國際時事、國內要聞、軍事、科技、時尚、房產、汽車、明星、購物……您選擇一個如何？個人覺得時尚、明星與購物不錯，不會顯得那麼嚴肅。】
莫忘：【……】這不是嚴肅是什麼！就算換了個稱呼也完全改變不了嚴肅的事實好嗎！
石詠哲：【被妳吵醒了怎麼還睡得著！妳呢？怎麼突然失眠？明明平時跟小豬似的。】
莫忘：【我也不知道啊，自然而然就失眠了，所以才想找人聊聊天……你才是小豬呢！豬頭！】
格瑞斯：【陛下，請耐心等待，我一定會把勝利的消息帶給您。】
莫忘：【喂……你想做什麼？等等！】
賽恩：【陛下，格＊……艾……@＃&打%&＃＊。】
莫忘：【……快阻止啊！】這是在說什麼打起來了吧？絕對是吧？！
發完這一輪後，莫忘痛苦的扶額，她這到底是在做些什麼呀，更加有精神了、更加睡不著了好嗎？！

艾斯特：【陛下，我查過了，您所發的「……」即省略號，您是想談它的由來、功能、用法、使用技巧，還是別的方面呢？】

莫忘：【你還是早點睡吧！晚安！】不行，和這傢伙完全無法聊天好嗎？！

石詠哲：【訊息聊天不方便，我打電話給妳？】

莫忘：【……不用了啦，我好像稍微有點睏了，睡覺去了，你也早點休息吧，晚安。】

如果旁邊沒人她肯定會答應啊，但問題是現在旁邊睡著兩個妹子，哪怕說話聲音再輕也不是無聲，而且她也懶得起床，所以哪怕對提議再心動……果然還是算了吧。

格瑞斯：【陛……陛下……下一次……我一定……】

莫忘：【……你好好休息吧。】才這麼一會兒就被制服了嗎？真同情你！

賽恩：【陛下，不￥……&要￥……&我阻￥……】

莫忘：【好，我明白了，你也早點休息，晚安。】也就是說這傢伙完全沒派上用場吧！

全部發完後，莫忘把手機往枕頭下面一塞，長長的嘆了口氣。

——果然……還是數羊比較好吧？

也不知是不是那群傢伙太讓人耗費心力的緣故，放下手機的莫忘漸漸萌發了睏意，身側傳來的均勻呼吸聲盡在耳畔，宛如一首低而婉約的催眠曲，不知不覺間她就陷入了夢鄉。

一夜無夢。

★◎★◎★◎★◎

次日醒來時，光亮早已透過兩扇窗簾間的縫隙照射了進來，所以房間中並不算暗。

莫忘小聲的打了個哈欠之後，又揉了揉眼睛，微微的側過身看去，發現身旁的兩位小夥伴還在睡——小樓睡覺很老實，依舊保持著昨晚的睡姿，而圖圖……莫忘情不自禁的冒出一頭黑線，某種意義上說，這丫頭睡覺也是不換姿勢的，依舊是霸氣側漏的「大」字型。只是昨晚僅僅是雙手架在她們身上，今天則雙腿也上來了。

「真是的……」莫忘輕嘆了口氣，小心的把腰上的小腿挪了下去，輕巧的坐起了身。既然已經醒了，而且也沒啥睡意，她乾脆起床，洗漱好後出門幫其他人帶點早餐回來。

——對了，現在是幾點了？我們不會集體睡過頭了吧？

懷著疑惑與些許的緊張，莫忘一把掏出了枕下的手機，發現自己的擔心是不必要的，因為時間顯然還早。

——咦？這個是……

莫忘驚訝的發現居然有四條未看的訊息，被好奇心驅使的她快速打開手機看了起來。

【晚安，陛下。】

——艾斯特這傢伙，總算沒有話癆了。

【笨蛋，晚安，半夜別再踢被子了。】

——混蛋石詠哲，誰會踢被子啊！擔心擔心你自己吧笨蛋！

【陛下……晚安……下次我一定打敗艾斯特給您看！】

——喂喂，格瑞斯你睡得還好嗎？

【陛下，晚安。ＰＳ，這次似＃￥＃％沒錯＃￥％。】

——前面是沒有出問題，但ＰＳ之後的內容還不如不要加啊喂！

默默的挨個吐槽完訊息後，莫忘雙手緊握著手機，將其合在掌心，不自覺的勾起了嘴角，小小聲的笑了起來。

她覺得，嗯，這真是一個美好的早晨。

真好。

活著真好。

明天、後天，以後、再以後，她還會有那麼多美好的早晨。

這樣真好。

傻傻的樂了一會兒後，莫忘關掉了尚未響起的鬧鈴，起床帶著衣服走到浴室中，用昨晚已經擺好掛好的用具洗漱了起來。

這個年紀的女孩從起床到出門並不需要經歷太多繁冗的步驟，或者說她們壓根不需要精心裝飾自己，青春就是最好的化妝品，還是最高檔的那種，因為每個人的一生只能用一次，一旦用完就再難買到。

刷牙漱口，用熱水洗臉後，再用涼水拍了拍臉，這樣可以讓人更清醒，出門也更耐凍。

莫忘的雙頰因為冷熱水的刺激而紅撲撲的，泛著成熟蘋果般健康的色澤。

做好一切後，莫忘脫下身上的睡衣，換上放在一旁板凳上的學校制服。這個季節她早已穿上了西裝小外套，長襪也換成了稍厚的款式，等再冷一些，就要再加上毛絨背心啦。

最後是梳頭髮，最簡單的馬尾，一、兩分鐘就能搞定。小樓送的木梳模樣古典漂亮，也很好用，圖圖送的草莓髮圈又緊又可愛。

莫忘對著鏡子裡的自己笑了一下，又伸出手勾弄了下頭上的紅色草莓，最後仔細的收拾好梳子以及洗手檯附近的落髮，再將睡衣放回帶來的背包中，才帶著手機出門。

走到樓下莫忘才發現，章阿姨早已起床了，禮貌的向對方打了個招呼後，她走出店門。

店鋪所在的這條街在學校後門附近，不像前門那樣一出去就是寬廣的馬路，這裡小巷窄街居多，大車難以通過，所以來往的人們幾乎都選擇步行或者騎著自行車、電動車。也因此，這裡的「人氣」很足，光是看著就不會讓人覺得孤獨。

因為才早上六點的緣故，街上的人並不算多，空氣也還算清新。路邊的早餐店倒是早早就開門了，老闆一邊匆忙的為即將到來的「尖峰期」做準備，一邊微笑的招待著偶爾光臨的顧客。

莫忘深深的吸了一口氣後，拿出手機，很是壞心眼的發出了四條訊息。

【到早上啦！還沒有起來刷牙洗臉上廁所吃飯的都是懶鬼懶鬼懶鬼！】

而後，她抱著手機偷偷笑了起來，不知道有幾個人會是懶鬼呢？

「陛下。」

「我格瑞斯才是最勤快的！」

「小小姐陛下，我可不是懶鬼哦。」

「……」莫忘回過頭，不出所料的看到兩位青年與一位少年正站在不遠處，一人面無表情，一人滿臉得色，最後一人手拿著手機拚命朝她揮手。

——他們起的還真是早，不過沒事，至少還有石詠哲被她虐！

然而，一條訊息飛速而至。

【笨蛋，妳在說妳自己嗎？】

「……」討、討厭！明明這傢伙平時也愛睡懶覺的，為什麼今天會醒得這麼早啊！如果石詠哲此刻能聽到莫忘的心聲，八成會無語——還不是因為某人半夜鬧失眠，害他擔心得翻來覆去睡不著，好不容易瞇了一會兒，結果沒多久天就亮了……她以為這都是誰的錯啊！

「陛下，早安。」

「早安，陛下！」

「小小姐陛下，早安。」

三人一起向莫忘打招呼。

「嗯，早安。」莫忘對他們笑了笑後，疑惑的問道：「你們昨晚待在哪裡呀？」隨即突然又想起了什麼，一揮手，「算了，還是別說了，我又不想知道了。」

三人：「……」

艾斯特輕咳了聲：「陛下，您這麼早出門，是要吃早餐嗎？」

「嗯。」莫忘點點頭，「順帶再幫章阿姨、圖圖、小樓……還有圖圖的表哥帶早餐。」單獨剩下某一個人的不帶，似乎不太好。她又問：「你們也沒吃吧，要一起嗎？」

艾斯特微微躬身：「我的榮幸，陛下。」

格瑞斯不滿：「……這是我要說的話才對！」

賽恩蹦跳著過來問：「小小姐陛下，您想吃什麼？」

「唔……」莫忘歪了歪頭，笑了，「邊走邊看吧！」

不得不說，能在學校附近開下去的店鋪，廚藝水準都在良好以上，否則學生們也不會買帳啊！這天早上莫忘吃了挺多，比如一個大包子、一個小包子、一根小油條、三個煎餃再加四分之一個餅，咳咳咳，最後還有一點粥。

雖然嘴巴還有點饞，但莫忘很明智的停下了動作，她可不想成為有史以來第一個被撐死的魔王陛下，那也太難堪了吧！

回去的時候，莫忘手裡提著不少食物，都是經她「鑑定」後覺得味道不錯的。

三人非常盡職的跟在女孩的身邊，一路將其送到蘇圖圖家的店鋪門口。

就在莫忘將要走進去的時候，一個人也從屋子中走了出來。四目相對間，兩人都是微微一怔。

莫忘注意到對方的嘴巴微張了張，似乎在考慮該如何稱呼她才好，她連忙說道：「你叫我莫忘或者小忘都可以，呃……圖圖的表哥。」

戴著眼鏡的青年下意識笑了出來，他對莫忘點了點頭，「那麼，小忘，妳也可以直接叫我林哥，如果不習慣的話，叫我林學長也可以。」

「……林學長？」

「嗯。」林朝鈞點了點頭，「我也是從妳們現在就讀的學校畢業的。」

「哦哦，這樣啊。」莫忘從善如流的認可了這個稱呼，「林學長，要吃早餐嗎？」一邊說著，一邊舉起手中的袋子。比起「林哥」那個奇怪的稱呼，她果然還是喜歡「林學長」。

「哎？可以嗎？」

「當然，就是專門買給你們的。對了，圖圖起床沒？」

林朝鈞無奈的嘆了口氣，「依照我的經驗，不到最後一秒她是捨不得醒的。」

「噗！」莫忘默默認同了對方的話。的確，圖圖還真是這樣的傢伙。

對於還算陌生的兩人來說，「蘇圖圖」是他們唯一的連接點，也是唯一討論起來不覺得尷尬的話題。事實證明，這的確活躍了兩人之間的氣氛，起碼不像最開始那樣尷尬了。

因為有了早餐的緣故，林朝鈞也沒想再出門，只是接過了女孩手中的東西。而莫忘則回過頭，對後面幾人說道：「那我先進去了，學校見！」

艾斯特點頭，「我明白了。」

格瑞斯也答道：「嗯，好。」

賽恩舉起手揮動，「好的，小小姐。」

「這幾位是……」從見面伊始，林朝鈞就有些疑惑門口三人的身分，只是沒有找到好的切入點去詢問。

「啊！」莫忘這才想起自己不小心忽視了什麼，連忙指著艾斯特說：「這位是我……」話音瞬間頓住。她如果說出這人是她的表哥……就又要被扣魔力值了啊啊啊！撒謊什麼的……不要！QAQ

「我是她表哥，姓艾。」好在艾斯特很敏銳的體察到了莫忘內心的傷悲，主動自我介紹道：「目前在學校中擔任體育教師的職務。」

「是嗎？還真巧。」也是表哥啊……林朝鈞朝對方伸出手去，「你好，艾老師，我是蘇圖圖的……」

話音驟然頓住。

——這是怎麼了呀？

如此想著的莫忘有些疑惑的抬起頭，而後近乎驚駭的看到林朝鈞的眼眸再一次呈現出了那晚的模樣——深邃的黑，宛若吞噬了所有光芒的可怕黑潭！

「你就要死了。」

他再一次說出這樣的話語，對著艾斯特。

即使已經看過一次，莫忘依舊被對方的樣子嚇得微微心驚，甚至暗自覺得這根本不是人類可以做出的表情。而不知不覺間，她已經被三人攔在了身後。

「咳咳咳……」

直到這樣的聲音再次傳來，毫無疑問，林朝鈞又跪倒在地咳嗽了起來，鮮血再次順著他捂嘴的手流淌而出。

如果說第一次是驚駭的話，那麼現在更多的則是無語。

先對人說「你要死了」，接著又自己吐血，這到底是什麼習慣啊！

話雖如此，莫忘還是立刻跑了過去，蹲下身一把扶起地上的林朝鈞，如上次一般輕撫著他的背脊問：「沒事吧？要去醫院嗎？」

林朝鈞的回答依舊是搖頭，以及……滿眼的愧疚。

雖然不明白這到底是什麼情況，但莫忘很清楚——他並不是出於本心說出那樣的話，也沒有絲毫的惡意。所以她也只是搖了搖頭，輕聲說：「我扶你進去吧。」順帶回頭朝三人看了一眼，示意他們自己沒事。

「……」林朝鈞動作輕微的點了點頭。

這次的咳嗽比起昨晚的似乎要稍微好上一點，但是……為什麼這個女孩和她的表哥都……也許真的是他的能力出問題了吧？否則怎麼會接二連三出現這樣的情況。

——是的，一定是這樣沒錯。

林朝鈞所想的似乎沒錯，他這次的咳嗽的確沒有昨晚那樣嚴重，走到屋裡不久後，他的呼吸就漸漸平定了下來。

而此時，蘇圖圖也在林樓「愛的呼喊」下淚流滿面的爬起床，發出了一聲「我討厭起床！」的哀號。

樓下的兩人愣了下，都不自覺的笑了。然後兩人非常默契的將剛才的事情淡忘了，一人走去洗手間漱口，另一人仔細的在桌子上就著阿姨送來的盤子擺起了早餐。

而莫忘他們所不知道的是，門口的三人發生了這樣一段對話。

最先是格瑞斯皺起了眉頭說：「那個人……」

艾斯特肯定的點了點頭，「他有魔力。」

賽恩微訝的說：「哎？這個世界也有魔力者存在嗎？」

「雖然罕見，但似乎的確如此。」

「如果真的是這樣，艾斯特，你就不妙了吧？」格瑞斯毫不客氣的說道，「雖然罕見，但魔族中的確有很小很小一部分人擁有預言能力。」說到這裡，他話音微沉：「只不過，因為這種能力太過強大，每次使用後，他們都會付出某種代價。」

「代價？」賽恩臉色微變，「那麼剛才那個人……艾斯特前輩，你……」

「如果真是那樣的話——」雖然事關生死，但是艾斯特似乎依舊毫無所動，話音鎮定的說下去：「守護陛下的職責就只能託付給你們了。」

「前輩……」賽恩微皺起眉頭，「這不是什麼可以隨便開玩笑的事情哦。」

「什麼時候輪到你來命令我了？」格瑞斯則彷彿發了很大的火，怒瞪著「老對頭」，雙眼中燃燒起熊熊的火光，「守護陛下無須你說我也會去做！你給我少說點不負責任的話！」

「格瑞斯……」艾斯特微怔之下，若有所悟道：「你是在擔心我嗎？」

格瑞斯額頭上跳起幾根青筋，一腳就朝對方踹去，「……誰會擔心你這種人！」

賽恩嘆氣：「果然是在擔心啊。」連連點頭。

「……你給我閉嘴！」格瑞斯簡直要暴走了，為什麼他有這兩個豬隊友啊？為什麼？！

「哈哈哈，格瑞斯前輩，你是害羞了嗎？」

「你是想死嗎？」

「啊，等一下，前輩……」

打鬧聲中，剛才那凝重的氣氛似乎消散於無形，但其實每個人都清楚，事情並沒有那麼簡單。如果那位青年的能力貨真價實，那麼艾斯特恐怕真的將面臨一場生死危機。

不過說到底，格瑞斯和賽恩其實並不太相信這件事，同樣身為守護者的他們深知這個男人的強大之處，在魔界尚且難以有人能殺死他，更何況是這個世界。

而對艾斯特本人來說，生死這件事他固然在意，但他更為在意的是，這樣會不會為魔王陛下帶來麻煩？如果會的話……他認為自己可以很果斷的做出抉擇。

因為現在與最初不同，守護在陛下身邊的並非只有他一人。即使某一天他不在了，她依舊會被保護得很好，這樣就夠了。

但三人所不知道的是，在昨天晚上，那位似乎擁有「預言」能力的青年，已經向女孩說出了同樣的話語……

★◎★◎★◎★◎

之後的幾天如流水般劃過。

很快，讓所有學生們痛恨不已的期中考開始了。

原本糾結不已的蘇圖圖在兩位好友的「輔導」下，這一次並沒有表現得太痛苦，而莫忘同樣從她口中得知，那位林學長在借住了兩天後已經離開。

週五下午，考試終於結束。

在老師將卷子收走並離開後，教室中此起彼伏的發出了「砰！」的一聲，無數精疲力盡的學生紛紛撲倒在桌，有的心滿意足，有的則是在為自己的未來哀悼。

三位女孩也同樣在此之列。

蘇圖圖淚流滿面道：「啊……終於結束了……」

林樓點頭，「嗯，結束了。」

同樣被考得精疲力盡的莫忘感嘆著說：「……是啊，終於結束了。」

石詠哲：「……」用得著這樣嗎？考試而已。

賽恩：「好像很好玩的樣子！」撲桌，「啊，終於結束了。」

石詠哲：「……」這個光在卷子上鬼畫符的傢伙到底有什麼值得感嘆的啊！

「不過！」蘇圖圖突然坐直身體，而後索性站了起來，高呼出聲：「接下來就是狂歡的日子了！」

莫忘：「哈？」

「難道妳忘了嗎？籃球賽啊籃球賽！」蘇圖圖大笑出聲，「我已經做好迎接勝利的準備了！」隨即又萎靡了下來，「可惜這次沒時間做新衣服……」

「……」莫忘扶額，「妳能不被罰掃地就該知足了，而且之前的衣服也能穿吧。」

「那麼這樣好了！」蘇圖圖表示自己壓根沒聽到那種「喪氣」話，大手一揮，「如果這次我們班能獲勝的話，週日就一起去烤肉怎麼樣？我可以提供場地和道具！」

莫忘：「……」喂喂喂，這麼歡騰真的沒問題嗎？而且大家才剛考完試，真的有心情做這個嗎？

誰知道——

「聽起來不錯。」

「嗯嗯！」

「也加我一個。」

「我家就在菜市場附近，菜可以交給我買，還能便宜點。」

「那飲料交給我吧，從家裡的超市可以拿成本價。」

「那我……」

班上的同學們一個比一個還積極。於是，事情似乎就這麼定案了。

莫忘嘆了口氣，回頭看向自家小竹馬，「阿哲，你可要加油哦。」

石詠哲輕哼了聲：「囉嗦！這種話還需要妳來說嗎？」

「我不是這個意思啦！」莫忘鼓了鼓臉，「我是說，你要是輸了的話，不僅要吃一週鹹菜，還可能被憤怒的群眾撕成碎片哦。」

石詠哲：「……」關他什麼事！不要隨隨便便就給他人施加這麼大的壓力好嗎？！

此時，後面一個同樣隸屬班級籃球隊的男生對石詠哲喊道：「阿哲，要不要去練球？」

石詠哲想了下，這幾天因為忙著考試，的確都沒好好練習了，明天就要比賽，今天還是練習一下比較好，於是點了點頭說：「好。」說完，他轉頭看向女孩，「妳今天回家嗎？」

「不。」莫忘搖了搖頭，「說好要在圖圖家住到週六的。」

「其實一直住下去也可以哦。」蘇圖圖從背後抱住自己的姫友，來回蹭了蹭，「我一定不嫌棄妳。」

石詠哲：「……」抱哪裡呢！蹭哪裡呢！鬆開鬆開鬆開！！！

「要我幫你端水送毛巾嗎？」莫忘歪了歪頭，看向自家小竹馬，「看在你明天要為班級出力的分上。」

「誰……」

「嗯？」

差點又一次因為傲嬌而再度誤事的小竹馬非常果決的說：「就這麼定了。」

「……」她其實只是隨便說說而已。

鬱悶的女孩沒有看到，自家小夥伴默默對著少年伸出一個拇指——少年，你成長了！

啥叫成長？

能控制住自己的傲嬌就是巨大的成長！

最後，莫忘等三人一起坐在露天籃球場周邊的座椅上，看男孩們揮汗如雨。出乎意料的是，班上大部分的同學都留了下來，一邊圍觀著、一邊時不時叫兩聲好，似乎在為明天的加油預熱。

而圍觀間，莫忘無意中聽到附近有女生說「感恩節」的事。

「感恩節？」她疑惑的歪頭。

蘇圖圖看向她，「小忘妳不知道嗎？」

「……知道是知道，但和我們有什麼關係？」

「只要是節日，都和學生有關係吧。」蘇圖圖攤手。

「……」喂喂，這樣真的沒關係嗎？

「開玩笑的啦！」蘇圖圖噗的一聲笑了出來，「其實這事情和校長有關。」

「校長？」對於那位開明無比的校長，莫忘還真的是充滿了好奇心。

簡而言之，感恩節這個節日，在美國是每年十一月的第四個星期四，而在加拿大則是每年十月的第二個星期一。本國雖然沒有這個節日，但在校長大人看來，每年一度向關愛自己的家長、師生和朋友表達感謝是非常必要的事情——學會感恩比讀透書本更為重要。所以，他嘗試著弄了個「校園感恩日」，時間就定在十二月的第一個星期一，也就是下週一。

只是，過節的方法卻和外國稍微有些不同。

簡單來說，這一天師生們必須大聲向所想感謝的人表達謝意，學校還有為此專門舉辦的活動，聽說每年都有所不同。

最初有人認為這個「節日」過不起來，因為本國人是出了名的「感情內斂」，講白一點就是「不好意思」。

聽說第一次「過節」時，校長大人特意起了個大早，等在學校門口，對著進入校門的每個教師和學生都說了句「謝謝你！」，有人差點被嚇到，有人暗自笑他，也有人被他感染；最初只是一部分學生起鬨似的對著老師大叫「老師謝謝你罰我抄書！我的字越來越好了！」，到後來大家的話語漸漸誠摯了起來。

於是這個內定的小節日也就漸漸延續了下來，久而久之，「校園感恩日」便被學生們喊成了「感恩節」，反正意思差不了多少。

「小忘，妳有想要感謝的人嗎？」

「我嗎？」莫忘微怔，而後笑了。

——那真是太多太多了。

第六章

魔王也想看籃球比賽

次日，天公可能被天婆揍了，沒心情作美，居然娘兮兮的潑下了一碗連綿細雨。

但即便如此，也無法澆滅學生們心中那火辣辣的熱情。

體育館中，比賽隊伍的同班同學們自然不必說，其他班級也有不少人擠來湊熱鬧。這次與一年一班對敵的是二年五班，雖然名義上是學長和學弟，可一旦進入比賽場地，年齡上的差距就被快速抹平了。場地附近雖然掛著「友誼第一，比賽第二」的紅色橫幅，但其實大家都覺得那就是胡扯，認都不認識談什麼友誼，不為了比賽大家來這裡做什麼？

體育賽事無論大小，都是非常容易勾起人們激情的。僅僅只是看著，就會情不自禁陷入熱情的狂潮中，聲嘶力竭的喊著「加油」之類的話語，有時候則會出現這樣的囧況——

「石詠哲加油！」

「加油！」

「對了……石詠哲是誰啊？」

「不知道，好像是一班那個小子吧。」

「呃……算了，加油！」

這大概就是觀看比賽的魔力所在吧。

而對於「運動員」們來說，這應該也是相當難忘的情境吧——那麼多人坐在看臺上觀看著自己，幾近瘋狂的呼喊著自己的名字，高喊著鼓勵的話語。

「真好啊！」蘇圖圖用有些嘶啞的嗓子說，「為啥沒有女子籃球賽呢？」

正在喝水的莫忘差點被嗆到，「……妳想做什麼？」

「當然是一邊打球一邊享受著無數妹子和漢子的熱情啊！」

「……」不可能的！

「不可能的。」

如果說莫忘只在心中偷偷補刀，那麼很「實在」的林樓就是直接出手了。

「為什麼啊？」

「哎？」林樓歪頭，呆臉。

「……小樓妳別在這種時候給我犯呆啊！」蘇圖圖抓狂了，「妳判斷我無法上場的根據是什麼？」

「妳一次能拍幾個球？」

「……」於是，蘇圖圖被秒殺了……

這句話比「妳會拍球嗎」還要傷人啊啊啊啊！

但是不過片刻，她就恢復了精神，大呼出聲：「快看！石詠哲那傢伙要進球了！進了！

好棒！」
這一瞬間，人潮中爆出了巨大的歡呼聲。
莫忘瞬間被點燃了熱情，雙手如喇叭般放在口邊，大喊了起來：「石詠哲你好棒！」
恰在此時，人群因為剛才的大呼而暫時安靜了下來。
於是……
「……」
「……」
「……」
原本因為進球而志得意滿的少年一個踉蹌，當場滾倒在球場上。
蘇圖圖默默伸出手，對「一枝獨秀」的小夥伴豎起了拇指。
林樓也伸出拇指。
莫忘注視著面前的兩根拇指，再看向趴倒在賽場上朝自己齜牙咧嘴的小竹馬，再再對上其餘人詭異的目光，終於痛苦不堪的一把捂住臉——太丟人了！麻麻救命！！！
「噗哈哈哈！」不遠處坐在看臺欄杆後方觀戰的陸明睿一把捂住肚子，前仰後合的笑了起來，「哈哈哈哈哈！子瑜，學妹還是那麼有意思啊～」

「……」

面色俊秀的少年沒有開口，乍看之下很是溫和，卻又讓人感覺不到絲毫暖意的目光注視著場內的石詠哲，他正抬起頭不知衝女孩所在的位置說些什麼，她看起來尷尬無比的撓著臉頰乾笑著，頭側著，眼神很有些飄忽，活像個犯了錯誤的孩子。

「青梅竹馬就是好啊～」身邊人再次發出了這樣的感慨。

「……」

陸明睿感慨無比的說：「哎，我為啥就沒個萌妹子做青梅呢？」

「……閉嘴。」

「嘖，一點幽默感都沒有的傢伙。」陸明睿輕嗤了聲，「你再這樣，妹子就要問我你對她有沒有意見了啊！」

「問你？」穆子瑜終於把注意力放到了老友的身上，「我對她有意見？」

「是啊。」陸明睿一攤手，笑嘻嘻道：「要不是有意見，怎麼總是這麼陰陽怪氣的，把人家小女生都嚇壞了。」

「……」

——並不是有意見。

——又或者是有非常大的意見。

說到底，連穆子瑜都不明白自己內心的想法。

就像一團胡亂纏繞的線團，千頭萬緒，卻又怎麼樣都難以解開，也自然不知道被緊緊包裹在其中的核心到底是怎樣的模樣。

只是……

太奇怪了。

能理解嗎？

那種在一瞬間發生改變的微妙又詭異的感覺。

明明上一秒，還覺得對方只是一個可有可無的陌生人；卻在下一秒，情不自禁的覺得對方是可以接近的，或者說，是可以更加親密的存在。

但即使感覺到了那份不協調，理智在喊停，內心卻無法遏制渴望。

矛盾、糾結、掙扎，又難以擺脫。

徹底忘卻了「那段記憶」的少年能夠敏銳的體察到那份缺失感，卻自始至終不知它從何而來。

這份疑惑自然而然影響到了他對於女孩的態度。他當然知道這是不正確的、不正常的，卻又找不到有效的辦法將其立即調整過來，以至於形成了現在的窘狀。

自己的自尊讓他下意識厭惡這種無法解決的狀況，然而同時……

「喂，想什麼呢？」

「閉嘴。」同伴的聒噪讓穆子瑜皺了皺眉，他轉過身，徑直離開了球場。

被嫌棄的陸明睿注視著小夥伴的背影，輕笑了聲，索性趴在欄杆上注視著賽場上的少年與對面的少女，輕哼起了歡樂的曲調。

與此同時，莫忘微微打了個寒顫，她下意識的抱住手臂。

「冷？」林樓注意到了她的舉動。

「不……」莫忘搖了搖頭，「只是突然覺得……」覺得什麼呢？突如其來的寒意？她最終還是笑著搖了搖頭，「不，什麼都沒有。」

★◎★◎★◎★◎

也不知是不是「想去烤肉」的念力成功注入了少年們的體內，這場比賽最終是一班獲得了勝利。一片歡呼聲中，蘇圖圖仰天長嘯：「烤肉萬歲！」

莫忘：「……」喂喂，哪裡不對吧？

她嘆了口氣，拎起一直放在膝蓋上的水和毛巾，準備朝自家小竹馬走去。可是她才一站起身，就停了下來。

原因無他，另一個熟悉的身影，已經搶先一路小跑到了少年的身邊。

「咦？那個人是誰？」身旁的小夥伴發出驚訝的聲音。

「那個人……」

「小忘，妳知道？」

「……小忘？」

蘇圖圖有些焦急的呼喚將莫忘從有些紛亂的思緒中拉了回來，她下意識的看向對方，發出了一聲「啊？」的單音。

「……」蘇圖圖很有些想要吐血的欲望，她都急得要死了，這傢伙怎麼在這個時候學小樓犯呆啊？！不帶這樣欺負人的啊混蛋！

好在林樓再次替她問了出來：「那個女孩，妳認識？」

蘇圖圖雖然沒有說話，卻也連連點頭，甚至激動的伸出手指向對方所在的位置——場地的邊緣，因為劇烈運動而滿頭滿身汗水的少年靜站在原地，一邊伸出手擦著脖上的汗珠，一邊與身邊那位披散著柔順長髮的女孩說著話。那個女孩的手中同樣拿著毛巾與水，頭微微仰起，像是在認真傾聽著對方的話語，又像是仔細觀看著對方的容顏，專注到了某種令人心驚的地步。

去除多餘的因素來看，這的的確確是一幕美景。

「嗯。」莫忘注視著那兩人，微微點了點頭，卻沒有詳細的說些什麼，畢竟涉及對方的隱私……總覺得說出來不太好。

「那她和妳家石詠哲是什麼關係啊？」

「……沒什麼關係吧？」莫忘有些不確定的說道，距離萬聖節舞會已經過了一段日子，這期間她和石詠哲也與以往一樣混在一起，好像沒聽到他說過有關於那個女孩的事情。

「啊啊啊啊！」蘇圖圖抓狂了，「妳那種完全不肯定的語氣是怎麼回事啊？！」

莫忘：「……」她又不是石詠哲本人，能肯定才怪吧？

「石詠哲那傢伙不會是見異思遷，不……或者更惡劣一點，腳踩兩條船？混蛋！原來我一直以來都小看他了嗎？那個披著純情皮的種馬男！移動小蜜蜂！鄙視他！」

莫忘：「……」雖然聽起來很厲害的樣子，但她和圖圖認識的肯定不是同一個石詠哲，而且……「移動小蜜蜂是什麼？」

林樓推了推眼鏡，「移動授精器之類的吧……」

「……喂！」她家小竹馬才沒有那麼糟糕！

「我可不可以拜託妳不要這麼淡定！」蘇圖圖抓住莫忘的肩頭一陣搖晃，「人家都打到門前來了，妳別這麼冷靜啊！接下來是不是要主動把棒子遞給人家，求人家揍妳啊啊啊！」

莫忘滿頭黑線，「妳太誇張了吧？」

「……算了，和妳說不清楚！」蘇圖圖無奈的放開小夥伴，瞇著眼看向石詠哲，「他要是敢接過水和毛巾，我明天就把我表哥介紹給妳！反正他們都是蘿莉控！」

「……妳夠了！」莫忘簡直想吐血了，這是什麼詭異的邏輯啊？！而且她那位表哥怎麼看都不是蘿莉控吧？倒像是「胡言亂語」控。

也許是某人怨念的目光太過強烈，石詠哲突然轉過頭，朝幾人所在的位置看了過來。

而莫忘的目光，則與第一時間同樣轉頭過來的女孩對上，兩個拿著同樣東西的少女面面相覷，氣氛一時之間很有些尷尬。對方下意識的放下舉起的手，而莫忘也默默的把手往身後縮了縮。

——真奇怪。

——明明什麼都沒做，卻彷彿做了什麼虧心事似的。

「笨蛋，妳在那發什麼愣啊？」不遠處的石詠哲突然如此叫道。

「你才是笨蛋！」莫忘下意識就還了一句嘴。

接下來，石詠哲毫不客氣的給了她一個白眼，但似乎又偷偷鬆了口氣，雙手撐住欄杆靈巧的一翻，整個人便落到了觀眾席上，一邊擦著額頭的汗、一邊朝自家小青梅跑去。

「哎嘿，似乎還不錯嘛。」蘇圖圖一邊說，一邊拍了拍莫忘的肩，「那我先撤退了。」

「……。」

「妳們……」莫忘轉過頭，卻沒拉住火速跑走的小夥伴A和B。她扶額，有些時候哪怕是朋友，彼此之間似乎也存在著巨大的代溝，真是讓人無奈。

「發什麼呆啊？」

不覺間，石詠哲已經走到了莫忘身旁，不太溫柔的一手搶過她手中的毛巾，努力的在臉和脖子上蹭了幾下後，又拿過了她手中的水，大口大口的喝了起來。

「你喝慢點……又沒人和你搶！」如此說著的莫忘情不自禁注視著不遠處的那位女孩，她還站在原地，不過頭低垂了下去，不知在想些什麼。

莫忘再次感覺到了一絲隱秘的心虛，她猶豫著說：「她……沒關係嗎？」

「哈啊？」石詠哲用掛在脖子上的毛巾擦了擦從額角不斷流下的汗珠，有些不明所以的反問。

「我是說……那個女孩子，她不是特地來送水給你的嗎？」

「……大概吧。」石詠哲頓了頓後，若無其事的回答，又道：「也可能只是過來和我說兩句話。」

但這份敷衍怎麼可能瞞得過與他日夜相處了這麼多年的女孩。莫忘非常肯定的說：「你騙我。」

「……」為什麼在這種不重要的事情上就這麼敏銳呢？

「她肯定是來找你的。」

「……」

「她……」莫忘歪頭思考了片刻，突然想到了一個不可思議的可能，這個結論是如此的充滿衝擊力，以至於她的腦子整個混亂掉，想也不想的就說了出來：「她喜歡你。」

話音剛落，莫忘就下意識的捂住了嘴巴，因為她發覺自己好像一不小心失言了……這原本應該是少女珍貴的心事，由她口中說出來實在太不厚道。

「咳咳……」石詠哲則差點被她的天外飛「言」嗆死，撫著胸口連連咳嗽出聲。

又一個驚人的推測出現在莫忘心中，她如有神助般的再次說道：「你……知道？」還不等對方回答，她又肯定的點頭說：「你知道。」

「……」石詠哲深吸了幾口氣，勉強平定住呼吸，明明不心虛卻又稍微覺得有些氣短的說道：「妳……」到底是怎麼知道的啊？

事實上，前不久那個女孩的確對他表白過，雖然他當時非常明確的拒絕了，但對方似乎……不，重點不在這裡，而在於他家小青梅，明明自己的事情遲鈍成那個樣子，對於他人的事情為啥就這麼清楚？為啥啊？！

莫忘猶豫的問：「那你喜歡她嗎？」

「……誰、誰喜歡啊！」石詠哲整個人都快炸了，這到底算是什麼情況啊？！還有什麼比自己喜歡的女孩問自己喜不喜歡別人更悲劇的？有嗎？！

「這樣啊……」憑藉多年的相處，莫忘非常肯定石詠哲說的是實話，她又歪頭思考了片刻，而後點頭道：「那麼，我覺得你是正確的。」拇指。

「哈？」少年表示自己似乎有些跟不上女孩的神思維了。

「做得好。」拍肩。

「……哈？」石詠哲簡直快變成豆豆眼了。

其實，這裡面有他老爹的功勞。

那還是挺早以前的事情。

那一天，小莫忘坐在石家的沙發上看電視，旁邊坐著看報紙的石叔，而張姨則帶著小竹馬出去買菜了，雖然後者挺不樂意，但在父母雙雙的暴力鎮壓下，唯有含淚去拎包。

當時電視上正播放一部當紅的偶像劇。

大概就是男主角愛女主角，女配角愛男主角，男配角愛女主角，女配角和男配角聯手虐男主角和女主角之類的……反正一集有四分之一在吵架，四分之一在鬼哭狼嚎，四分之一在甜言蜜語，四分之一在……咳咳咳，抱抱親親。

小莫忘盤腿坐在沙發上，懷裡抱著大大的西瓜，一邊用湯匙挖著吃，一邊不明所以的看著偶像劇。

石叔看完一版報紙後，視線無意中瞥到電視劇的男主角，那是個當紅的小生，相貌與身高都出類拔萃，有著一大批粉絲。他側過頭，發現坐在自己身邊的小女孩正看得目不轉睛，瞬間就來了好奇心，「小忘。」

「石叔叔？」

被女孩漆黑的大眼睛忽閃忽閃的注視著，石叔心中一蕩漾，下意識就伸出手摸了下她的小腦袋，真軟真軟……沒錯，他被萌到了，而後心中怨念，為什麼老莫生的就是乖乖又香香的女兒，他家的就是蠢蛋兒子呢？又臭又傻，看著就煩！還是女兒好啊……女兒是父親的貼心小棉襖嘛……

咦？如果他家傻小子能把小棉襖拐回家，那不就正好嗎？

片刻後，他輕咳了聲，問道：「小忘啊，妳喜歡電視上的那個哥哥？」該怎麼幫傻兒子增加好感度呢？說他家蠢兒子以後會和那個人長得一樣帥？不，蠢蛋要長成那副奶油小生的嘴臉，他恐怕會想揍人。

可出乎他的意料，小女孩居然搖了搖頭，脆生生的說：「不喜歡。」

「為什麼呢？」石叔瞬間起了好奇心。

「因為他先咬了一個姐姐的嘴唇，然後又咬了另一個姐姐。」小莫忘回答時，眼神很純潔，似乎壓根不知道自己說了些什麼驚世駭俗的內容。

倒是石叔默默的糾結了片刻，而後打起精神繼續循循善誘的問道：「為什麼這樣做妳就討厭呢？」

「張姨說過，好男人只會專心啃自己喜歡的那個女人。這個哥哥啃了好幾個人，所以他不是好人，我討厭他！」

「……」老婆到底都教了孩子什麼啊？！不過，凡是老婆說的，就是必須堅持贊成的！於是石叔很是犀利的補充道：「對的、對的，小忘真聰明。妳要記住，像這個哥哥一樣的男人都是壞蛋。」

「壞蛋！」

「明知道不……」

之後，石叔還說了很多很多。

有人說，孩子不會有太長久的記憶，但其實並非如此；或者說，恰恰相反。幼年時如果有什麼事讓他們留下了深刻的印象，雖然他們看似不記得，但其實早已烙印進了他們的內心深處，甚至一言一行，都帶著那記憶的味道。

就像現在的莫忘。

可問題是，少年不是女孩肚子裡的蛔蟲呀！

面對這個情況他真的是一頭霧水，好在憑藉直覺以及多年來對女孩的瞭解，他清楚她不是在生氣……這樣就放心了。而後，他又在心裡默默唾棄自己——他到底是要求多低啊！真是久虐必出M……有時候他真不希望自己這麼清醒的，真的！

而莫忘顯然心情很好，第一是因為她確定了自家小竹馬是個負責任的「好男人」……咳咳，其實對於喜歡不喜歡這回事她也分得不是非常清楚，但大概也因此在她的眼中情況只分為兩種——「喜歡」和「不喜歡」。現在的莫忘還無法理解介於這兩者之間的「曖昧」，所以說到底，她真的只是個還沒長大的孩子而已。

用那黑白分明的眼睛看世界，很多問題當然也只有兩個選擇。或者說，就算她明白世界上存在著「曖昧」這種東西，也會下意識的將它歸結為「不好的事物」中。

明明不喜歡，卻又不說清楚，還反覆靠近撩撥，以滿足自己的虛榮心或者別的心理——在她看來真的是非常非常差勁、絕對無法容忍的行為。

好在……阿哲不是這樣的人。

這樣想的莫忘微微鬆了口氣，踮起腳尖，伸出手揉了一下石詠哲的腦袋，「乖啦～」

「喂！」石詠哲黑著臉一把將某人的手拍下去，卻捨不得太用力，「妳做什麼呢？」

「我替石叔感到欣慰啊！」莫忘回答得一本正經。

沒錯，讓她心情好的第二點原因就是——

「不過，居然會有女孩子喜歡你？」

莫忘摸著下巴仔細看著自家小竹馬，深深感慨道：「真是太不可思議了。」隨即一臉感動到幾乎流淚的再次點頭，「石叔一定會很開心的。」比如喊著「我家蠢蛋兒子居然有人要了！」之類的話吧……

咳咳咳，在石叔這麼多年的言語攻擊下，他家蠢兒子在女孩的心目中約等於「沒人緣沒人要長得也不帥的笨蛋！」。雖然這成功的讓少年掛上了「潔身自好」的牌子，但同時也讓少年略讓人鄙視……

「……」石詠哲吐血，他這是被小看了嗎？絕對是被小看了吧！他忍不住還嘴：「我可是很受歡迎的！別小看人！」說完他就想用腦袋撞地板，為什麼話題會轉到了這個可疑的地方啊？！

「真的？」莫忘眯眸，懷疑看。

「真的！」這種時候他還能說啥？石詠哲抓狂，為什麼他必須和她討論這種容易豎起悲劇FLAG的問題啊！

「這麼說，之前也有這種事？」

「……」

「哎？真想不到啊！」莫忘圍著自家小竹馬轉了個圈，不知為何略有點不爽，這傢伙還真是不拿她當朋友啊，居然隱瞞得這麼好，如果不是今天……哼哼，誰知道還要被蒙在鼓裡多久。

雖然明知道「即使再親密的朋友也需要保有各自的隱私」，但知道是一回事，心裡的感受則是另外一回事，起碼現在還不成熟的女孩，即使不至於真的生氣，卻很難做到心裡不犯嘀咕。

石詠哲的冷汗嘩啦啦的流啊，他這算是被成功套話了嗎？她真的有這個智商嗎？還是……他的智商降低了？不管哪個，都讓人覺得悲哀呢。

「太不公平了！」莫忘不滿道。

「哈？」

「為什麼都沒人寫情書給我呢？」

沒錯，莫忘的自尊心被刺傷了。並不是真心期盼這件事的到來，只是類似於「他都做到了，為啥我沒做到？」的攀比心理，雖然這樣的想法似乎不太正確，但在足夠親密的人面前似乎不需要隱藏。

「……」石詠哲默默的捏緊拳頭，指頭嘎吱嘎吱作響，嘴上卻只是輕哼出聲道：「死心吧，妳這樣的誰會要啊？」

「喂！你有膽子就再說一遍！」

「……」這種時候難道不該反問「真的沒人要嗎？」，然後他就能順帶回答「我……」之類的……

咳，且不管真到那種時候他是不是能厚著臉皮說出來，可是她這種吃了火藥一樣的反應是怎麼回事啊？石詠哲默默的再次內傷了，決定果然還是道歉吧，於是他說：「我……」

可惜就在這時，悲劇發生了。

不過瞬間，原本準備說「對不起」的少年就換了副嘴臉，仰天大笑出聲：「哈哈哈哈！魔王，妳這樣邪惡的傢伙有人要才怪吧！」

莫忘：「……」

沒錯，傳說中的「勇者」又出現了。

雖然石詠哲經過之前的嘗試，已經能夠成功的調動潛藏在體內的魔力，但是精神分裂的慘劇卻並未結束，或者說，只是稍微好轉了一點。比如說從前勇者大人幾乎每天都會出現一次，現在則是三、五天甚至一週出現一次，但是……卻坑爹的越來越白目了。比如從前是上來就打，現在居然學會了言語攻擊。

「所以還是死心吧！」

「閉嘴！」對於這種狀況下的「石詠哲」，莫忘要不客氣得多。說到底，誰會喜歡一個嘴賤的白目啊！

「就不閉，妳有本事來打我呀！」

「……」她還真是第一次聽到有人提出這樣的要求，呵呵呵，欠揍啊！莫忘默默捏緊拳頭，咬牙說：「既然你誠心誠意的懇求了，我怎麼好意思不答應你呢？」

「哼哼哼哼，來吧！」也不知從哪裡學的，勇者居然擺出了一個標準的黃飛鴻的姿勢，前伸的手指還朝女孩來回晃動了下，挑釁的味道十足。

「……」莫忘扶額，「你擺姿勢之前，可以先把另一隻手中的礦泉水丟掉嗎？」

「身為劍士怎麼可以丟掉自己的劍！」

「……」真心是吐槽無能。不過，莫忘環視著已經空無一人的體育館，壞心眼的想：如果其他人看到這傢伙的蠢樣，不知道會做何感想？

正沉吟間，對方已經蹦跳著跑了過來，口中還不時發出謎之「呀嗟～～～」的聲音，直到跑到莫忘面前，他才高呼出聲：「看我的霹靂無敵旋風衝鋒三連斬之劍！」

「……」劍招的名字倒是越來越長、越來越意義不明了，只是……

莫忘無語的注視著被自己合在雙手之間的礦泉水瓶，微嘆了口氣，都說了是「百分百被空手接白刃」，這傢伙怎麼就不懂得吸取教訓呢？

「居然……又……」每次都受傷卻每次都堅持自己找傷受的勇者大人連連後退，一手捂住心口，直欲泣血。

莫忘默默扶了下額，「好了，過來讓我打吧。」真是，每次例行公事她都疲憊了。

可惜事實證明，她還真不能這麼想，因為……

「我不相信！！！」勇者就這樣淚奔著跑了出去。

莫忘：「……」不、不是吧？

等她反應過來時，對方已經跑得很遠了。

——別、別鬧啊！

——真讓那傢伙在學校裡亂跑亂吼亂叫，絕對會引起恐慌的啊！誰知道他會不會拖著無辜的學生建立什麼「反魔王聯盟」，那可就糟糕了！

心急如焚的莫忘連忙追著跑出了體育館，可到底是遲了一步，等她出去時，已經完全丟失了勇者的蹤影。

莫忘趕緊張開嘴大聲喊道：「艾斯特！格瑞斯！賽恩！你們在吧？」

「是的，陛下。」

「當然！」

「小小姐陛下，請問您有何吩咐？」

三人正站在體育館門前，對於女孩的吩咐都有些一頭霧水。事實上，這真不能怪他們「保護不力」，只是青梅竹馬說話時，他們非常識趣的退到了體育館外面，自然而然也就錯過了剛才的「悲劇」。當然，他們也看到了淚奔而去的少年，問題是……他不是經常淚奔嗎？

大家都習慣了。

「快幫我抓住石詠哲那傢伙！」莫忘話音急切道，「否則要出大事了。」

「……」X3

「真的！他保持著勇者狀態就跑出去了啊！我的天……」莫忘抱住腦袋，「我真不敢想像那悲劇的未來……」

艾斯特勸說道：「陛下，請無須驚慌，我們即刻就去。」

「這句話應該我說才對！」格瑞斯一如既往的愛和他抬槓。

賽恩則試圖安慰她：「小小姐陛下，別那麼緊張啦，也許情況不像您想的那樣糟糕哦。」

就在此時，一道不和諧的聲音插入——

「其實，不追也可以吧。」

「……」

被驚到的眾人紛紛朝聲源處看去，只見一隻白色的大狗正趴伏在陽光下，用那略帶睏意而微瞇的眼眸懶洋洋的看著他們。

「薩卡？」莫忘顯然認識石詠哲的新「夥伴」。事實上，繼白貓布拉德之後，這傢伙也成功的進駐了石家，成為了石叔的「新寵」，雖然她完全看不出這種只會翻死魚眼的傢伙有什麼可愛之處……捲毛嗎？別鬧！不過再怎麼說牠也是魔法生物，說不定會有什麼辦法，於是她問道：「你有什麼辦法嗎？」

「差不多吧。」

「……」這種不負責任到了極點的語氣是怎麼回事？不，現在不是關注這些的時候了，她接著問：「那你的辦法是？」

「我知道！」賽恩舉手，「牠可是狗，八成是靠鼻子聞吧！」

「少胡鬧。」薩卡對金髮少年翻了個死魚眼，「我的鼻子除了甜食外什麼都聞不到，就算偶爾能聞到，誰會把它浪費到那種臭烘烘的傢伙身上啊！」

「……」喂喂，這麼說自己的契約者真的沒問題嗎？

薩卡打了個哈欠，「但是，除此之外，不是還有更好的辦法嗎？」

「更好的辦法？」

「差不多啦，比如這樣……」牠一邊說著，一邊很沒有下限的用爪子挖起鼻子，模模糊糊的喊道：「給我轉！呀呀呀呀呀！」

某種意義上說，牠簡直就是在製造噪音。好不容易那嘶喊結束了，薩卡縮回爪子，吹掉上面的不明黑色物體，「搞定收工，睡會兒，別吵我。」接著一秒入睡！

眾人：「……」完全不明白牠到底搞定了啥，話說該說「物似主人型」嗎？勇者的同伴也都像他一樣不可靠啊！就某種意義上來看……真是悲劇。

然而——

「咦？怎麼回事？你們這些魔王的爪牙怎麼會突然出現在我面前？」原本靜站在原地的女孩突然蹦跳了起來，「布拉德、薩卡，你們也在？很好，和我一起戰鬥吧！呀噠～～～」說著，「她」再次擺出了黃飛鴻的姿勢。

其餘人：「……」

——陛、陛下……陛下您怎麼了？？？

第七章

魔王也想談戀愛

該如何直觀的體現三位守護者的受驚程度呢？

唔……這麼說吧。

就像是一隻性格溫順的食草兔子突然張開嘴把飼主吞了……咳咳咳，當然，這個例子可能不太恰當，那麼換一個，比如……艾斯特的臉上明顯露出了震驚的神色？

這個肯定足夠表達程度了！

就在此時，「女孩」還在原地來回蹦跳著，只不過這回「她」的姿勢變成了螳螂拳，「啊哈哈！爪牙們，既然魔王不在，打敗你們也是一樣！看招！」說完，這傢伙就一頭朝艾斯特衝去——沒錯，他看這個勾搭自家「小夥伴」的傢伙不爽很久了！

艾斯特：「……」

說實話，他還真的有些手足無措。如果是別人，還手毫無壓力啊，但問題是……這位是陛下啊！雖然看起來內在好像完完全全發生了變化，但至少身體是陛下啊！萬一、萬一一不小心沒控制好力度，傷害了她嬌嫩的軀體……這是即便萬死也不可獲得原諒的罪過！

於是他默默的決定挨打。

可問題是，「勇者大人」是什麼人？

他是個光明磊落的真漢子啊！對於毫不還手的人，他怎麼可能下得了手？於是這傢伙炸毛了。

「喂！你怎麼不動？看不起我嗎？！」

格瑞斯：「陛下……」

賽恩：「這到底是……」

這真不能怪他們無知，守護者雖然效忠魔王陛下，但某種意義上只會效忠一人，也就是說「一代君主一朝臣」。艾斯特等人對於勇者的認知，除去書本上記錄的相關知識外，其實也並不比女孩知道的要多上多少。而勇者的「小夥伴」真的是太多了，幾乎每一代勇者都會不斷的與旅行途中遇到的魔法生物簽訂契約，而後將他們送入聖獸之林中棲息。

到最後，究竟有多少可召喚的聖獸，恐怕連勇者自己也弄不清，只能大致將牠們分成各種類別。真到了必須召喚的時刻，選擇某一類就可。

當然，石詠哲是個例外，他就是個「半吊子」，壓根沒辦法精準定位自己要召喚的類型。

再加上，咳咳……剛召喚薩卡時，他不是利用牠的能力做了些不太好的事情嗎？所以事後，他也就沒好意思說白狗的能力到底是什麼，好在莫忘也不在意這個，畢竟她可不想真的和自家竹馬拚個你死我活。

於是……

事態就坑爹的變成現在這樣了。

且不論這邊的狀況，另一邊又是怎樣呢？

★◎★◎★◎★◎

這時的莫忘，已經發現自己很不幸的與自家竹馬互換了身體——發現這一點並不是非常難的事情。首先，她注意到自己的裙子變成了短褲，再來，她發現了背心下襬處張姨親手繡上去的「ＳＹＺ」字樣，最後一聯想薩卡之前的話，一切就昭然若揭……

好在現在的她已經完完全全的適應了「魔法」這種完全不科學的存在，再加上向來粗神經，暫時倒沒覺得有多悲劇，除去一點——她居然正騎在牆頭上。

所以說！

「勇者」那傢伙之前到底是想做什麼啊？翻牆跳出去衝進幼稚園搶棒棒糖嗎？

別鬧！校長和老師們會集體為他哭泣的好嗎！

莫忘扶著額頭，長嘆了口氣：「總之……先下去再說吧！」

如果是她自己，那麼她可以毫不猶豫的從牆頭跳下去，但現在她用的是石詠哲的身體，還是再當心一點比較好。

費了一番功夫，女孩……不對，應該說「少年」終於慢吞吞的從牆上爬了下去，雙足落地的瞬間，「他」由衷的舒了口氣，想了想，還是決定先回體育館再說，其他人應該都在那裡吧？

然而——

「石學弟。」

「哎？」下意識的轉過頭，「少年」發現一個熟悉的身形正站在不遠處，似笑非笑的注視著自己，「穆學長？」

「……」聽到這樣的稱呼，穆子瑜微微一怔，臉上的笑容多多少少露出了幾分譏諷的味道，「今天怎麼這麼有禮貌了？難道說，是因為被我發現你想翻牆外出嗎？」

莫忘：「……」哇，嘲諷意味好濃，這兩個傢伙的感情到底是有多差啊？話雖如此，翻牆似乎的確不太對，於是她從善如流的道了歉：「對不起，下次不會了。」

穆子瑜：「……」這傢伙吃錯藥了嗎？

好吧，習慣了平時針鋒相對的「石學弟」，眼前這個「溫和禮貌版」的石詠哲，他表示真心消受不起。

「穆學長，如果沒有其他事情的話，我就先……」一邊說著，「少年」一邊默默做好了撤退的準備。

「等一等。」雖然沒有什麼明顯的證據，但是穆子瑜明顯的察覺到了什麼地方不對，本著「寧可錯殺三千，不可放過一個」的原則，他叫住了對方。

莫忘心中淚流滿面的停下腳步，問道：「……還有什麼其他的事情嗎？」果果果果然被發現了嗎？

正猶豫間，對方已經朝她走來，臉上的笑容不知何時也盡數斂去，卻意外讓她覺得這樣的穆學長挺真實的，起碼比整天笑咪咪看起來要實在多了。所以說，他難道不是討厭阿哲，而是非常喜歡？石叔不是說過嗎？「男人會在真正信任的人面前盡情展露自我」……

莫忘默默的覺得自己似乎發現了什麼不得了的秘密。

不過片刻，穆子瑜已近在咫尺，終於停下腳步的瞬間，他開口道：「石學弟。」

「嗯？」

「你的比賽剛剛結束吧？」

「是、是的。」在這種近乎於「逼問」的語氣下，莫忘難免有些緊張。

「那為什麼會到這裡來？」

「呃……」總不能說「想出去搶棒棒糖」吧？

莫忘糾結了——一方面，不能說實話；另一方面，又不能騙人。於是她開始思考了起來，究竟該怎麼辦才好呢？想著想著，她習慣性的用右腳尖踢了踢左腳根，順帶稍微挪動一下身體的重心，以讓自身稍微輕鬆一些。

但是，她出現了一個重大的失誤。

這不是她的身體啊！

這個身體的腳丫子比她的要大很多啊！

總而言之，這動作帶來的結果就是——莫忘一不小心就失去了平衡。

「咦？學長你讓開……啊！！！」換了身體的劣勢在此時完全展現出來，莫忘在危急關頭壓根無法控制身子朝一旁倒去。

一切都發生在猝然之間。

穆子瑜雖然身手不錯，但卻沒料到這樣的神進展，措手不及之下，居然整個人被「少年」撲倒在地。

「砰！」

這樣一聲悶響後，兩人就成功的在地上會合了。

雖然變成了「墊背」，但因為身下是草地的緣故，穆子瑜並沒有感覺到太多疼痛。而且，比起身體上的疼痛，他更為在意的是心理上的反感。

首先，他討厭石詠哲。

其次，他非常討厭石詠哲。

再次，他真的非常討厭石詠哲。

繼續次……大概是因為剛打過一場球賽的緣故，少年的身上滿是汗水，說得好聽點叫充滿了男人味，說得不好聽就都是汗味好嗎？雖然還沒達到「汗臭」的程度，但對於身為同類、又有輕微潔癖、並且非常厭惡對方的穆子瑜來說，這簡直是穿、腸、毒、藥！

再來，這傢伙流汗也就算了，他居然只穿著球衣啊，汗水全部弄到他身上了好嗎？這身衣服必須丟掉！

最後，他果然真的非常討厭石詠哲！！！

某種意義上說，莫忘猜錯了，男人不僅會在真正信任的人面前盡情展露自我，在真正討厭的人面前有時也會一樣……

但這一切，卻在轉眼之間發出了天翻地覆的改變。

當時，穆子瑜正舉起手，滿臉厭惡的想要將趴伏在自己胸前的人一把推開——因為兩人站著時相隔了一段距離，所以才造成了這種看似「身高差明顯」的姿勢，其實真要比，石詠哲這個小一歲的傢伙比「學長」還要高些──但在那之前，「石詠哲」已經自發的抬起了頭。

四目相對。

「咚！」

「咚！咚！」

有什麼聲音在體內持續響起，持之以恆的敲打著耳膜，讓人既煩躁又難以割捨。

他的眼睛還真是漂亮──這是穆子瑜心中浮起的第一個念頭。隨即他臉色微變，為什麼會浮起這種念頭呢？然而……近在咫尺的漆黑眼眸，目光如同被泉水洗淨了般，完全褪去了以往的敵視與排斥，此時此刻其中承載著的，是滿滿的愧疚與擔憂。

不知為何，這雙眼睛與腦海中的另一雙眼睛重合了。

──青梅竹馬的相似之處？

──不……這簡直就像是……

如果穆子瑜沒有失去之前的記憶，那麼他想必能明白此刻究竟發生了什麼事情。可惜，現實不存在「如果」，所以他完全不清楚現在到底算是個什麼情況。

唯一知道的只有……

他發現自己似乎並沒有自己所想的那麼討厭對方，起碼此刻是這樣；不僅如此，他反而還有某種想要「更靠近一些」的欲望。

——這到底是……

「學長，你沒事吧？」莫忘匆忙的坐起身，小心翼翼的問。

穆子瑜愣了下後，才回過神來：「……嗯。」

莫忘說道：「我帶你去醫務室。」

「……不用了。」穆子瑜搖頭。

「可是……」

「你走吧。」讓他一個人好好的安靜一下。

「……我知道了。」果然她之前想錯了，學長其實很討厭阿哲吧？話說，這到底是為什麼呢？

帶著這樣的疑惑，「少年」離開了。

而莫忘自然也不知道，在自己離開後不久，依舊仰躺在地上的穆子瑜抬起頭，狠狠的砸在身側，前所未見的吐出了一句：「可惡！」

也許其他人聽到會覺得驚訝。但只有穆子瑜自己知道，這一句話並不足以形容他內心的糾結。

——先是對那個女孩……

——接下來又對這個傢伙……

——我到底是怎麼了？！

而他也不知道的是，不遠處，有人微笑著拍下了剛才的一幕。拍立得相機很快將照片洗了出來，相機主人左手拿著新洗出的相片，右手則拿著另一張——金髮「美人」與黑髮少年接吻圖。

他左看看、右看看，情不自禁的發出了一聲短促的輕笑：「子瑜，你難道是天生的『百分百被同性推倒』體質嗎？唔，很有意思的樣子，我要不要也推推試試呢？」

★◎★◎★◎★◎

轉換了身體的莫忘，十分瀟灑的用自家竹馬的身體玩了次推倒又拍拍屁股走了人；而另一邊，眾人也終於弄明白現在到底是個什麼情況了。

怎麼弄明白的？

當然是從布拉德這隻「通敵貓」的口中得知的，連小魚乾都不需要給牠了，只要艾斯特看牠一眼，這傢伙馬上就招了，舌頭都不帶打結的。

「靈魂轉換？」

「就是這樣喵～」惡意賣萌的白貓拚命蹭著「自家男神」的褲腿，回答道：「薩卡這傢伙的能力就是這樣～」

艾斯特微微頷首，「原來如此。」

「不過牠今天也算走了大運，上一次發動可是完全失敗了呢！大概是因為這段時間儲存了足夠魔力的緣故吧。」

為什麼這幾人能夠淡定的討論呢？

而想要挑戰所有人的勇者大人在哪呢？

正確答案是：他在蹲牆角呢！

為啥？

因為偉大的勇者大人居然被邪惡的魔王奪取了身體啊！

這是多麼恥辱的事情！

簡直不能忍受好嗎？！

於是，勇者大人在終於發現身體的變化後，含淚蹲到了一旁的角落處，隨手撿起一根樹枝畫起了圈圈，一邊畫還一邊低低念叨：「啊……果然還是死吧……啊……我的人生已經絕望了……啊……」

可惜，屋漏偏逢連夜雨。

「莫忘！」突然有人這麼喊「女孩」。

勇者大人敏銳的抬起頭：魔王？魔王在哪裡？哪裡有魔王？啊噠～～～～～

可是，他左右看了一眼，哪裡都沒有魔王啊？不對，他現在就是魔王了。應該是找「自己」的才對……

「能談一談嗎？」

勇者大人愣了片刻，終於意識到剛才那個喊他「魔王」的長髮披肩的少女，似乎是打算和自己交談。但問題是，他們壓根不認識啊！

當然，這只是他這麼認為，如果莫忘本人在這裡，八成能認出對方——沒錯，就是剛才那個送毛巾和水的女生！

深覺「不可思議」的勇者大人左右看了一眼後，伸手指著自己的鼻子，歪頭再次確認的問了一次：「妳是找我？」

「……嗯。」女孩點了點頭。

「哦。」勇者大人點了點頭，這種事情他並不反感，身為勇者，除去「推倒魔王」外，偶爾也應該幫助一下普通民眾，這是非常正常的事情。所以「他」站起身，往少女所在的方向走了幾步，很是霸氣側漏的說：「說吧，有什麼事情想找我幫忙？」

少女：「……」這節奏似乎有哪裡不太對吧……

「瑤瑤。」就在這時，那天陪床的另一個馬尾女生也跑了過來。

「小可，妳怎麼……」

小可說道：「我不放心妳。」

「我、我一個人也沒事的啦。」

「可是……」

勇者大人聽著聽著就不耐煩了。開玩笑，他雖然樂於助人，但時間很寶貴的好嗎？每一分鐘都必須有效的用在「推倒魔王」這件大事上，再說現在的當務之急是「奪回身體」好嗎？哪有什麼心思聽少女談心啊！

「我說，妳們找我到底有什麼事？再不說我走了啊。」

「等一下……」馬尾女生小可叫住他，看了眼不遠處的幾人組，問道：「我們三個能單獨談談嗎？」

「單獨？」勇者大人回頭看了眼，覺得避開魔王的爪牙的確是必須的，於是點了點頭，朝體育館拐角處一指，「那裡行嗎？」

「嗯。」

於是幾人朝那裡走去。

與此同時，幾人的動向已然被守護者三人組所察覺，賽恩下意識就想跟上，卻被艾斯特一手攔住，他微微搖了搖頭說：「那個位置剛剛好。」雖然聽不到聲音，卻可以清楚的看到對方的動向，但如果他們上前，「勇者」想必會再次挪動位置，到時候未必就有像現在這樣便於觀察的機會了。

「好，差不多了。」

「莫忘」背靠在牆上，雙足交叉，雙手抱臂，腦袋低垂，擺著這個異常酷跩的姿勢後，再次問道：「妳們到底有什麼事需要我的幫助？」

兩個女生：「……」喂喂喂，這節奏還是哪裡不對吧？！

對視了一眼後，還是小可先開口道：「不……其實我們是想問，妳和石詠哲到底是什麼關係？」

暗戀者往往是悲劇的。

其實石詠哲這傢伙還真沒撒謊，他其實……咳，還挺受歡迎的。當然，即使這樣也無法改變他「悲劇」的事實，因為這傢伙也是個暗戀者啊！別人的喜歡他不稀罕，他稀罕的那個卻好像壓根不喜歡他，簡直太虐心了有木有！

當然，石詠哲所不知道的是，這個名叫瑤瑤的女生是因為搬家的緣故，今年轉學來了這所學校。事實上，在此之前瑤瑤已經默默觀察石詠哲很久了，直到前一段時間才終於在朋友的點明下發覺自己是在暗戀，而且又聽說「石詠哲和莫忘只是青梅竹馬的關係」，所以才決定向他告白，然後慘烈的被發了好人卡。

原本想就算了，可是誰能猜到人生就是那樣無常，萬聖節舞會那天他居然救了被嚇暈的她。如果這是命運的轉折，她想要抓住！但之後，她越來越覺得不太對勁——那兩人就算是青梅竹馬，也親密過頭了吧？

雖然年紀不大，但其實瑤瑤的三觀還是挺正常的。喜歡一個人不是錯，但如果因為這份喜歡而做出損人利己的事情，那就是大錯。如果他們真的是那種關係，那麼即使再難過，她也必然會放棄，至少已經告白過了，也得到了回答，不應該有遺憾了。

而瑤瑤所不知道的是，好友小可其實比她更早察覺到「兩人過於親密」，這大概就是所謂的「旁觀者清」，只是怎麼都不忍心對朋友說出口，這也是那一天晚上小可對莫忘展露出敵意的原因。

畢竟人都是自私的，「幫親」是無可指摘的天性。

而在瑤瑤醒悟過來並打算主動問清楚時，小可更是表達了百分百的支持。女生的友情有時就是這麼一回事——妳想捅人我遞菜刀，妳想挖牆我遞鋤頭。不太理智，但足夠真摯。

所以，才有現在這一問——

「妳和石詠哲到底是什麼關係？」

「哈？」勇者大人愣住，這兩個妹子找他就是為了問這種無聊的事情嗎？不過看那少女的表情，似乎挺誠心的，算了，還是回答吧。於是他實話實說了：「我和他密不可分。」

「密不可分？」

「沒錯。」

「到……到什麼程度？」

「都說了密不可分了啊！早已合二為一成為一體！我死了他也就死了，他死了我也活不成，明白嗎？」這妹子到底是有多笨啊！

「合、合二為一……我明白了。」瑤瑤說完，一把捂住嘴，淚奔而去。

「瑤瑤！」小可喊了一聲，也追了上去。

不過片刻，原地徒留下勇者大人一人，他歪了歪頭，心中萬分疑惑：剛才那少女是哭了吧？是哭了沒錯吧？這不會是我的責任吧？問題是，我到底說了什麼、做了什麼，導致這種後果啊？

——完、全、不、明、白！

此時，披著「石詠哲」外皮的莫忘正走在前往體育館的路上，心中還在不斷思索著「穆學長到底和阿哲那笨蛋有什麼仇呢？為什麼穆學長只對阿哲一個人橫眉冷對呢？難道這就是圖圖說的『抖M的真愛』？總覺得哪裡不對……」，眼看著即將踏入新世界大門，結果經過一拐角處時，某少女就一頭扎進了她懷中。

莫忘：「……」

「對不起……對不起……」發覺自己撞人後，少女連連道歉。

莫忘忙擺手，「不，沒關係，我自己走路也走神了。」

「真的非常……」少女的話音戛然而止，下一秒，那一直在眼圈中打轉的淚珠終於滑落了下來。

「……妳怎麼了？我撞疼妳了嗎？對、對不起。」莫忘被這突發的狀況弄得手忙腳亂，有心想找手帕，問題是「石詠哲」身上穿的是籃球裝啊，哪裡會裝這種東西，總不能撩起大背心幫人擦眼淚吧？

「不，不是你的錯。」少女連連搖頭。

「呃……」

少女突然含淚說道：「祝你們幸福。」

「哈？」這妹子腦子不是傻了吧？

「之前給你添麻煩了，真是對不起。」

「……」

「你和她真的挺相配的……再見！」

說完，如釋重負的少女再次淚奔而去。

追著跑來的馬尾女孩在「少年」身邊停下腳步，瞪了他一眼，怒道：「既然都睡過女友了就麻煩自重點，別一天到晚四處發卡！」

「……」

直到兩人都跑遠，莫忘才後知後覺的反應了過來，這兩個女生的話似乎是對「石詠哲」說的……

——等等！阿哲……有女友了？

——什、什麼時候的事情？

——我為什麼完全不知道？

——再等一下，誰能和我解釋一下，睡、睡過是怎麼一回事？！

雖然不太明白「睡」具體的過程，但這個年紀的莫忘也大致明白了那是怎麼一回事，於是……

晴、天、霹、靂！

莫、過、於、此！

能想像嗎？

就像是兩個一直爭鬥的對手，至今為止的戰績是50：45，雖然有差距但是還能彌補。可是某一天，對手B突然發現，原來不知在何時對手A已經升仙了，還站在雲端低頭鄙視自己……

——我去去去去去！！！

莫忘的心聲大致如此。

如果換作別人，絕對知道那是謊話，因為悲劇的少年石詠哲渾身上下散發著「童貞」的氣息……咳咳，這是一種只可意會不可言傳的感覺，如果非要用數學等式來證明的話，大致應該是──「傲嬌＋毒舌＋易害羞＝萬年處男」。

當然，因為莫忘的數學成績還是一般，又沒得到充分的證明條件，所以一時之間沒辦法推導出它。

簡單來說，莫忘雖然相信自家小竹馬絕對不會那麼破下限；但另一方面，她又覺得剛才那兩個女生說的是實話，否則怎麼會哭得那麼厲害……所以說那傢伙到底是對人家說了什麼破下限的話、做了什麼破下限的事情啊喂！

懷著這樣的疑惑，她繼續朝體育館的方向進發著。

與此同時，勇者還處於滿頭霧水之中，他仔細回憶了一下自己之前說過的話，但怎麼想都沒發現有錯，可那妹子為啥淚奔了呢？他可是代表正義的勇者大人，怎麼可以做出和魔王一樣的壞事（莫忘：我沒做過，真的！）？他很介意，非常的介意，於是默默的走回幾人旁邊──為了抓住魔王奪回身體，必須緊跟著這群邪惡的爪牙！──有心想請教……但他做不到呀！他可是堂堂勇者，怎麼可以向罪惡妥協呢？！

於是現在可以提問的唯有——

一號小夥伴，白貓布拉德。

「我說……」

「……」白貓抱住男神艾斯特褲腿蹭。

「布拉……」

「……」白貓繼續蹭，拚命蹭。

「喂……」

「……」白貓蹭得不亦樂乎。

——喔呵呵，就這樣把我的體味留在艾斯特大人的身上，好、滿、足～

注視著整隻貓身都蕩漾起來的布拉德，勇者大人一把扶住額，默默的放棄了這個選擇，看向了——

二號小夥伴，白狗薩卡。

這傢伙睡得正香呢！想讓牠醒來，沒那麼容易。

這一點是正常版石詠哲親身體驗過的，即便拽著牠的尾巴把牠充當拖把打掃房間，到最後，房間乾淨了，人累死了，牠依舊不動如山。

但是，牠有一個弱點，那就是——

勇者大人掏向口袋……沒錯！少年的口袋中總是隨身攜帶著各種口味的糖果，抓緊機會就想投餵自家小青梅——這傢伙已經白目到完全忘記自己被換身體了——好在女孩的外套口袋裡還真的有一粒糖果。

他提著包裝袋的一端，將糖果在白狗的鼻子面前來回晃了晃。

果不其然，那鼻子微微抽動了幾下。

但也僅僅是幾下而已，牠看起來依舊睡得很熟。

「……」怎麼會沒反應呢？勇者疑惑了，這一覺得奇怪，人就放鬆了，糖果也就不自覺的朝白狗湊得更近。

說時遲那時快，只見白狗薩卡突然張開大嘴，「啊嗚」一聲，將「女孩」的手與糖果一起包入口中。

勇者：「……」這傢伙居然還會耍詐啊喂！

不過片刻，白狗「呸！」的一聲把手和包裝袋吐了出來，心滿意足的含著糖果繼續睡大覺，自始至終連眼睛都懶得睜一下。某種意義上說，能以「勇者」這職業混到這個地步，少年也真心是挫到一定的程度了；當然，正常的石詠哲也不在意這個就是了。

問題是，石詠哲本人不在意，不代表這個中二精神分裂版的不在意啊！

勇者瞬間就抓狂了，他先是把沾滿口水的手往薩卡身上一陣猛蹭，而後就提起狗脖子一陣搖晃，吼道：「混蛋！你給我醒醒！吃了我的糖果，就該給我幹活！」

如此搖晃了兩、三分鐘後，白狗才懶洋洋的張開了雙眼——如果說平時是死魚眼，那麼此刻只有「三分之一之死魚眼」——牠打了個哈欠，嘟嘟囔囔的說：「糖果不是你的，是魔王的吧？」

「……囉嗦！」

「就那麼自然而然的把手伸到人家口袋裡偷東西，你這傢伙真的是勇者嗎？啊呀，好羞恥，無法直視了。」

勇者怒了：「你這個把賊贓吃掉的傢伙有什麼資格說我啊？！」

「你既然自己也承認那是賊贓，就老老實實的找個牆角去懺悔，別吵人睡覺啊混蛋。」白狗懶洋洋的吐槽。

「你給我閉嘴！」

「嘖嘖嘖……」白狗輕嘖了幾聲後，猩紅色的死魚眼略微睜大了些，用一種「看不出你原來是這種人」的語氣、很沒有下限的說道：「還是說，你的本意不是偷糖果，而是藉著衣物的阻隔感受少女柔嫩的肌膚和……」

「夠了你給我閉嘴！！！」勇者一怒之下，抓住狗頭就狠狠的朝地下一砸。

只聽得「砰！」的一聲，水泥地上瞬間出現了一個約十公分深的、狗頭大小的坑。

旁邊幾人紛紛無語。

賽恩：「哇……小小姐陛下那麼溫柔真是太好了。」

格瑞斯：「……某種意義上的確……」

艾斯特：「無論是微笑還是拳頭，陛下所給予的就是最好的，作為臣下只須滿心愉悅的承接。」

布拉德：「艾斯特大人說得對！」

「對個鬼！那是標準的抖M吧？」

勇者當然吐不出這種具有專業水準的槽，那麼吐槽的必須是薩卡。

事實證明，這傢伙的大腦袋真的很堅硬，只見那兩隻毛茸茸的爪子撐在坑邊微微用力，便將嵌入坑中的頭拔了出來，左右甩動幾下後，又伸出一隻肉墊仔細揉了揉臉，「我去，你這傢伙也用力太大了吧，我面部肌肉都僵硬了。」

「那都是你自己的錯！」

「好吧、好吧，怕你了。」白狗一副「哥心情好人品好，大人有大量不和你計較」的樣子嘆了口氣，重新趴回地上，「說吧，你到底找我有什麼事？」

勇者大人一時失語。對啊，他剛才是想問啥來著？

「喂喂，不是忘記了吧？你好歹也是勇者，不至於這麼丟人吧？」

某種意義上說，白狗真是一針見血。

「……囉嗦！」對不起啊他就是那麼丟臉！啊，對了，想問的是這個：「我是想問……

咳咳，在什麼情況下，一個女孩子會生別人的氣呢？」

「……那個『別人』就是你吧。」死魚眼看。

「閉嘴，這和問題沒關係！」

「為什麼會生你的氣啊……」

「嗯嗯……不對，不是生我的氣，是生別人的氣！」

「大概是因為你心中有賤吧。」白狗默默吐槽。

「我身為勇者，心中有劍很正常吧！」某人不以為恥，反以為榮。

白狗薩卡：「……」喂喂，就這麼想當然的承認了真的沒問題嗎？這一任勇者的下限還真是深不可測呢。牠歪頭思考了片刻，突然又開口說道：「你裙子下面好像有東西。」

「啊？」微微一愣，隨後「少女」非常自然的掀起了自己的裙子，朝下看去，「什麼都沒有啊。」

就在此時，一人突然衝上來，一把按下他的手。

「勇者大人，請不要對陛下的身體做出這種過分的事情。」艾斯特緊抓住女孩的裙襬，一臉嚴肅的說道，「否則……」

「過分？你什麼意思？」

艾斯特：「……」

格瑞斯忍不住吐槽：「身為勇者蠢成這樣真的沒問題嗎？賽恩，你捂住鼻子做什麼？」

「啊哈哈哈……」

就在此時，薩卡一把捂住臉道：「妹子為啥生氣我倒不是非常清楚，但是——」牠臉上浮起濃厚的同情，「我知道，你現在要被生氣的妹子揍了。」

「哈？」勇者大人呆呆的歪頭，不明所以。

「石詠哲！！！」

「少女」下意識轉頭，發現面色青黑的「少年」正站在自己不遠處，他一時之間又犯了蠢，「……啊？」

「你這個變態！！！！」

「咦咦咦？」

於是，勇者大人在猝不及防之下，再次悲慘的被毆了。

當然，正常人都知道，他這純屬活該。畢竟嘛，在大庭廣眾之下做出那種類似於紳（變）士（態）的行為，怎麼看都是在討打。

背陰處，薩卡伸出肉墊捂住嘴，吭哧吭哧笑了兩聲後，臉上露出巨大陰暗的神色，「小子，誰讓你砸我英俊的臉，死吧！」

「陛下，請您冷靜些。」艾斯特想要攔住女孩，卻被嚴詞喝止了。

「住口，艾斯特！在我洩憤完畢前誰都不許阻止我，這是命令！」

艾斯特：「可是，陛下……」

女孩充耳不聞，繼續揍！

打著打著，中二勇者消失了，正常的小竹馬就又回來了。

「等、等一下……」這傢伙終於抓住機會攔住了小青梅的攻擊，「冷靜，妳冷靜點。」

「你讓我怎麼冷靜？！」莫忘表示自己不想和這個變態多說些什麼呢，十分乾脆的下了最後宣言：「說吧，你想怎麼死？！」

「……別這樣。」石詠哲表示自己真的挺無辜，「那事情不是我做的啊……而且……」

他深吸了口氣，終於把話完整的說了出來：「妳打的是自己的身體啊……」

「……你怎麼不早說！！！」

「……」他倒是想，但問題是她有給機會嗎啊喂！

眾所周知，人一憤怒，就容易失去理智。可一旦冷靜下來，又容易為自己之前所做的事情感到愧疚。

現在的莫忘就處於這樣一個精神狀態。

她很清楚，自家蠢竹馬還真做不出那種破下限的事情，可是剛才自己不是憤怒嗎？一不小心就……燃燒過頭了，咳咳咳……

披著「少年」外皮的女孩有些尷尬的撓了撓臉頰，「喂，沒事吧？」

「怎麼可能沒事啊？」披著「女孩」外皮的少年長嘆了口氣，「妳剛才是認真想要殺死我嗎？」

「依照你做出的行為，死上十次都不足惜吧？」

「……」好吧，在某種意義上的確是。所以這個話題還是……跳過吧。他說回主題：「現在的問題是怎麼轉換回來吧？」

「為什麼要轉回來？」莫忘雙手抱臂，非常不符合性格的冷笑了起來，「我覺得這樣挺好的。」

「哈？」喂喂，她是抽了嗎？

「怎麼，怕你女友找我麻煩嗎？」已經恢復理智的莫忘非常清楚這種東西百分百是莫須有，模仿石叔的口氣說就是——她家竹馬蠢蛋一個，能泡到妹子才怪吧？可是她依舊很好奇，他對那兩個女生到底是做出了怎樣的事情。

「女、女友？等等，我什麼時候有那種東西了？」石詠哲被這沒頭沒腦的話砸得整個人都不好了，「誰跟妳說這種話的？」

少年的頭腦比起女孩當然要好得多，再加上現在的他完全保有變成「勇者」後的記憶，不過片刻，便推論出了現在到底是個什麼情況，頓時冒出滿頭黑線：喂喂，合二為一什麼的不能亂說好嗎？很容易被誤會的！

於是，解釋之。

不得不說，厚著臉皮說出那種類似於「合體」之類的話對石詠哲來說真的太困難了，幸好他在說之前，把披著自己皮的女孩拖到了一邊。在她一個人面前丟臉比在所有人面前丟臉要好得多啦！

「噗！哈哈哈哈……」聽完一切後，莫忘非常不厚道的噴笑出聲。

「別笑啊！」石詠哲一如既往的炸毛了，「總之，還是先換回來吧。」

女孩笑起來當然很可愛，但問題是，她現在用的是他的身體啊，能想像嗎？一個男孩子雙手抱住腹部彎腰大笑，雙腿膝頭還微微朝內側並起……怎麼看都娘到無法直視好嗎？！

「不要～」

「喂！」

「我覺得這樣挺好的。」莫忘伸出手捏了捏「自己」肩頭的肌肉，「穿這麼少都不冷，挺棒的～」冬天也不怕冷啦！

「……」石詠哲因為莫忘的動作，臉色微微一紅，側過頭喊道：「哪裡棒了？！」

莫忘：「……」雖然平時經常在鏡子中看到自己的模樣，但遠不如此刻這樣直觀，站在面前的是自己，同時又不是自己，這樣的經歷真是既新奇又奇怪。更何況，剛才阿哲的動作……她喃喃低語：「你紅起臉來居然那麼可愛……」明明他是男孩子吧？不科學！

「妳的關注點根本找錯了吧？！」石詠哲表示自己真心不想被用「可愛」形容啊！他忍

無可忍的吐槽：「妳是想幫我換衣服洗澡上廁所嗎？！」

「……還是換回來吧！」

「……」

雖然達成了目的，但某人更加不爽了——他到底是有多被嫌棄啊！

接下來，在白狗薩卡的幫助下，兩人終於恢復了原狀。

得償所願的石詠哲長長舒了口氣，但同時又悵然若失。如果魔法沒辦法解除……咳咳咳，不行，不能多想！

莫忘也深覺痛苦，「嘶……痛……」

「陛下？」艾斯特關切的問：「怎麼了？」

「被、被我自己揍的。」

眾人：「……」

莫忘：「早知道就等傷好再換了。」QAQ

石詠哲：「……」別啊！他家小青梅不可能這麼陰暗啊！

緊接著，石詠哲去更衣室換衣服，而莫忘則去小夥伴的家中拿回了自己的行李，一切不用多說。

無論如何，籃球比賽算是正式結束了，石詠哲這傢伙也帶領班上的男生們獲得了最終的勝利。

接下來——

就是狂歡的時間了！

《拯救世界吧！少女魔王！03魔王陛下也想談戀愛！》

敬請期待更精采的《拯救世界吧！少女魔王！04》

vol.02
紅心冒險
Hearts Dreamland
Novel & Illust 重花
羊角書系
少女奇幻
少年少女興高采烈的參加校外教學活動，
卻不小心踏入了異世界鏡之國、誤食糖果
一場參訪成了一趟差點回不去的變身之旅……
這次是進擊的巨人國中生的故事！
閣下還不快去救貴國的小兔子殿下！
典藏閣
華文聯合出版平台
采舍國際
不思議工作室_
立即搜尋
版權所有© Copyright 2016

總裁大人の求愛攻略
Novel 霧十
久木 Illust
全套兩集，全國各大書店、租書店、網路書店持續熱賣中！
霸道總裁×黑屬性
讀作傲嬌
Star
粉紅總裁的少女心
火熱全開!!
我就是有錢、
我就是任性；
總之，
三個月內
我就是要結婚!!!
嗯，就決定是你了，皮卡丘!!
哈、哈。
(有種，有本事你試試)
典藏閣
華文聯合出版平台 www.book4u.com.tw
采舍國際 www.silkbook.com
不思議工作室_
立即搜尋
版權所有© Copyright 20

七爺座下02
她的傲嬌相公
焓淇 著
梓攸 繪
全套2集，全國各大書店、網路書店、租書店，持續熱賣中！
傲嬌相公韓初見×腹黑娘子秦守七
這世代，男人也可很嬌很柔，女人也可很MAN很腹黑……
秦守七笑道 我信任你，有多愛你便有多信你。
韓初見心想 ……肉麻的七郎！太陽從西邊升起了嗎？！Σ(´△`川)
秦守七捏臉 你是無可替代的。
韓初見撲抱 討厭啦七郎～ ≧︶≦
他終於守得花開，抱得美人歸了！
但是……為什麼是他被七郎公主抱？
典藏閣
華文聯合出版平台
www.book4u.com.tw
采舍國際
www.silkbook.com
不思議工作室
立即搜尋
版權所有© Copyright 2015

債主大人的
人魚餵養日常。
The Daily Life of the Mermaid's Creditor
Novel 墨然回
……
那，你們是怎麼交……咳，邂逅的呢？
只會三十六種借錢技巧的純潔人魚
擁有一百種整死魚辦法的腹黑二
LOVE LOVE的少女系物語
從哺乳動物
變成了脊椎魚類！
跨物種戀愛這麼重口味，真的可以嗎？！
全套兩集，全國各大書店、租書店、網路書店持續熱賣中！
典藏閣
華文聯合出版平台
www.book4u.com.tw
采舍國際
www.silkbook.com
不思議工作室
立即搜尋
版權所有© Copyright

飛小說系列 146

拯救世界吧！少女魔王！ 03

魔王陛下也想談戀愛！

出版者■典藏閣
作　者■三千琉璃　繪　者■重花
總編輯■歐綾織
製作團隊■不思議工作室
郵撥帳號■50017206 采舍國際有限公司（郵撥購買，請另付一成郵資）
台灣出版中心■新北市中和區中山路 2 段 366 巷 10 號 10 樓
電　話■(02) 2248-7896　傳　真■(02) 2248-7758
物流中心■新北市中和區中山路 2 段 366 巷 10 號 3 樓
電　話■(02) 8245-8786　傳　真■(02) 8245-8718
ISBN■978-986-271-676-2
出版日期■2016 年 4 月
全球華文國際市場總代理／采舍國際
地　址■新北市中和區中山路 2 段 366 巷 10 號 3 樓
電　話■(02) 8245-8786　傳　真■(02) 8245-8718
新絲路網路書店
地　址■新北市中和區中山路 2 段 366 巷 10 號 10 樓
網　址■www.silkbook.com
電　話■(02) 8245-9896
傳　真■(02) 8245-8819

☞您在什麼地方購買本書？☜

1. 便利商店（______市／縣）：□7-11　□全家　□萊爾富　□其他______

2. 網路書店：□新絲路　□博客來　□金石堂　□其他______

3. 書店（______市／縣）：□金石堂　□蛙蛙書店　□安利美特animate　□其他____

姓名：______地址：______

聯絡電話：______電子郵箱：______

您的性別：□男　□女　　　您的生日：______年______月______日

（請務必填妥基本資料，以利贈品寄送）

您的職業：□上班族　□學生　□服務業　□軍警公教　□資訊業　□娛樂相關產業
□自由業　□其他______

您的學歷：□高中（含高中以下）　□專科、大學　□研究所以上

☞購買前☜

您從何處得知本書：□逛書店　□網路廣告（網站：______）　□親友介紹
（可複選）　□出版書訊　□銷售人員推薦　□其他______

本書吸引您的原因：□書名很好　□封面精美　□書腰文字　□封底文字　□欣賞作家
（可複選）　□喜歡畫家　□價格合理　□題材有趣　□廣告印象深刻
□其他______

☞購買後☜

您滿意的部份：□書名　□封面　□故事內容　□版面編排　□價格　□贈品
（可複選）　□其他

不滿意的部份：□書名　□封面　□故事內容　□版面編排　□價格　□贈品
（可複選）　□其他

您對本書以及典藏閣的建議______

______

______

✌未來您是否願意收到相關書訊？□是　□否

✎感謝您寶貴的意見✎

印刷品

$3.5
請貼
3.5元
郵票
不思議信箱
FUSIGI POST

235 新北市中和區中山路二段366巷10號10樓

華文網出版集團　收

（典藏閣－不思議工作室）